A IMPUREZA DA MINHA MÃO ESQUERDA

HENRY BUGALHO

KOTTER
EDITORIAL

Coordenação editorial: Sálvio Nienkötter
Editora-executiva: Francieli Cunico, Raul K. Souza
Editor-adjunto: Raul K. Souza
Editor assistente: Daniel Osiecki
Capa: Jussara Salazar
Design editorial: Carlos Garcia Fernandes
Produção: Cristiane Nienkötter
Preparação de originais e revisão: o Autor

Dados Internacionais de Catalogação na Publicação (CIP)
Angelica Ilacqua CRB-8/7057

Bugalho, Henry
A impureza da minha mão esquerda / Henry Bugalho. --
Curitiba : Kotter Editorial, 2021.
112 p.

ISBN 978-65-89624-45-5

1. Literatura brasileira 2. Contos brasileiros I. Título

CDD: B869.8
CDU: 82-34(81)

21-2237

Kotter Editorial Ltda.
Rua das Cerejeiras, 194
CEP: 82700-510 - Curitiba - PR
Tel. + 55(41) 3585-5161
www.kotter.com.br | contato@kotter.com.br

Feito o depósito legal
1ª Edição
2021

A IMPUREZA DA MINHA MÃO ESQUERDA

HENRY BUGALHO

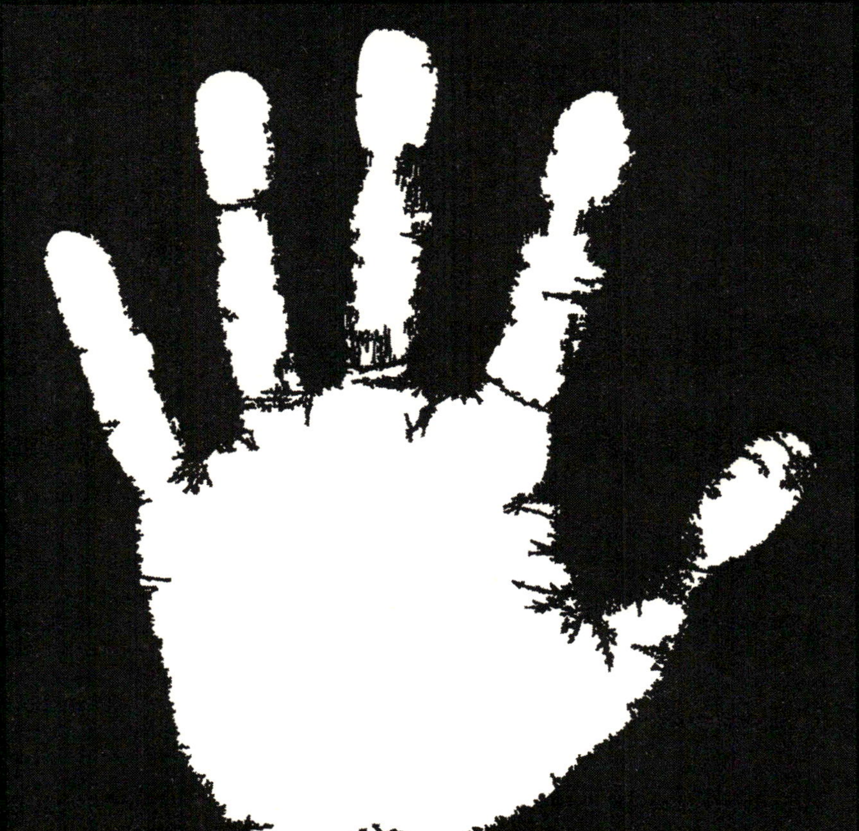

SUMÁRIO

Nostalgia

A Impureza da minha Mão Esquerda

O Canhoto. Este é um dos nomes do diabo. E este era o meu apelido na escola: o Canhoto.

Em uma sala com trinta alunos, eu era o único a escrever com a mão esquerda. O único invertido. O único do avesso.

Você bate punheta com a canhota também? Me perguntavam. Eu ria, mas não respondia. (Não, batia com a mão direita mesmo). No futebol, ninguém me passava a bola.

Mas Garrincha era canhoto. Eu discutia depois da partida.

Que se foda o Garrincha! Você é o maior perna-de-pau.

Era um tipo de discriminação sutil e que eu nem sabia ser discriminação. Não era o tipo de coisa que faziam com que as pessoas me apontassem na rua, como ocorria com o Bambi, o bicha da minha turma; nem que me batessem no recreio, como vi várias vezes com o Tiziu, aquele "neguinho fedido" segundo os meus colegas; nem que levasse os meninos a passarem a mão em mim, como com a Tati, a "vagabunda" que todos tinham catado; nem que fosse motivo de piadas diárias, como a Rafa, que tinha a mãe desquitada.

Já adulto, não perderia ofertas de trabalho por causa disto, nem levaria uma dura da polícia, nem seria morto, nem preso, nem linchado. Ser canhoto era um pecado leve num mundo repleto de pecados muitos maiores e muito mais visíveis.

O meu problema de fato era entre eu, Deus e o diabo. O Canhoto-mor.

Eu jurava que o diabo vivia debaixo da minha cama. Ouvia na missa as histórias das tentações, de Jó repleto de chagas, da serpente no Paraíso e de Satanás aprisionado por mil anos (Apocalipse 20:7). A minha credulidade estúpida hoje me parece absurda, mas, naquele tempo, eu escutava o Canhoto respirando e revirando-se embaixo da minha cama à noite. Revaza muitos Pai-Nossos e incontáveis Aves-Marias, mas ele não se silenciava.

Às vezes, ouvia-o até sussurrando.

Você é como eu, decaído.

Mas eu não conseguia compreender como. Frequentava a igreja todos os domingos, comia hóstia e me confessava. Tentava ser um bom filho, lavando a louça até quando minha mãe não pedia. Não fazia nada para incomodar ninguém.

Então, uma noite, o diabo embaixo da cama me ordenou.

É hora. Agora é o momento de me servir. E ele me deu todas as instruções.

Levantei-me da cama e fui até a cozinha. Na gaveta, encontrei a faca mais afiada, que meu pai usava para o churrasco com os amigos, segurei com força o seu cabo em minha mão esquerda e caminhei até o quarto onde ele e mamãe dormiam. Abri uma fresta na porta e os números vermelhos do despertador digital era tudo que se via na escuridão. Era tarde. Meu pai roncava e minha mãe se mexeu na cama. A palma da mão esquerda suando na faca afiada.

Eu os amava? Mais ou menos. Eram meus pais, mas tínhamos nada em comum. Ele, sempre muito distante e grosseiro; ela, uma pessoa fraca e sem personalidade. Uma família disfuncional como todas as demais, foi o que descobri muitos anos depois.

O Canhoto guiava a minha mão esquerda. Sabe-se lá por que queria assistir-me vertendo o sangue dos meus, um holocausto ao Senhor das Trevas.

Como teria sido o meu futuro se eu os houvesse matado naquela noite?

A prisão e a desgraça, sem dúvida. E um remorso irreversível.

Quero pensar que isto foi um pesadelo freudiano, que, na verdade, foi apenas um delírio, mas eu sei o quanto me segurei para não dar aqueles passos quarto adentro e cravar a lâmina nos pescoços deles.

Não sou um assassino. Foi assim a longa conversa que tive com o diabo ao retornar para a minha cama. Ele gargalhava lá embaixo, zombando de mim.

Nunca mais apareceu.

No ano seguinte, o apelido de Canhoto deu lugar para o de Quatro Olhos. Estava com miopia e todos zombavam dos meus óculos com grossa armação preta. Depois me tornei o Nerd. Enfim, me tornei eu mesmo.

Mês passado, contei esta história para a minha esposa. Primeiro, ela não acreditou em mim, mas, depois de ponderar por alguns instantes, ela me disse.

Você está brincando, não está?

Não.

Você tem ideia de como isto é macabro?

Sim.

E não tocamos mais no assunto. Então, ontem, ela foi embora levando consigo a nossa filha. Sem dizer nada. Mas entendi as razões e os medos dela.

Eu sou o Canhoto. Eu sou invertido. Carrego dentro de mim este pequeno, porém aterrorizante, pecado.

Fiorenzuola D'Arda
Agosto de 2017

Cotó descobre a liberdade

Num canto esquecido no quintal da minha vó, atrás das bananeiras, agitava-se Cotó. Amarrado no chiqueiro com uma corda de varal, ele latia desesperado, suplicando atenção, uma mão para afagá-lo.

Mas nós não chegávamos perto, e nem era por causa das sarnas e carrapatos, ou da constante baba branca a escorrer, ou das demais perebas que não víamos, era apenas para não sujarmos a roupa limpinha, que Cotó insistia em macular com suas patas avermelhadas de terra.

Eu até gostaria de brincar com ele, desatar-lhe o nó que feria sua garganta e vê-lo correndo livre pelo quintal, latindo de felicidade, não a mendigar carinho, mas vovó não deixava. Nossa obrigação era apenas jogar a vasilha com angu diante de Cotó e voltar pra casa.

À noite, Cotó chorava. Eu não podia vê-lo pela janela, mas escutá-lo era uma dor no coração. Revoltei-me. De pijamas, deixei a casa, no escuro, e fui até o cativeiro de Cotó. Ousei me aproximar e recebi patadas na altura do peito e lambidas na cara, acarinhei-lhe o pescoço e o desprendi da amarra. Cotó ficou como que paralisado, nunca havia sido livre antes, não entendia o significado disto; a ausência de laço o amedrontava.

— Vai, Cotó, vai embora!

Mas o burro do cachorro apenas me olhava, pedindo carinho.

Foi quando tive a brilhante ideia, apanhei um pedaço de pau e mostrei a Cotó:

— Pega, Cotó! — e arremessei o pau, o mais longe que pude. Instintivamente, Cotó se precipitou atrás do brinquedo. Segundos depois, retornava, objeto na boca, toco de rabo abanando.

— Vai, Cotó, pega! — e, com mais força, lancei a madeira, que desapareceu na escuridão. Esperei alguns minutos, mas Cotó não voltava. Finalmente, ele havia sentido o gosto da liberdade e fugira pelo mundo afora, descobrindo coisas que nunca havia imaginado.

Na manhã seguinte, ouvi minha vó conversando com alguém na cozinha:

— Era um cachorro desgramado mesmo!

Foi quando descobri que Cotó, na noite anterior, ao encalçar o pau, havia corrido para a rua e acabou atropelado por um Fusca.

De libertador, passei a assassino. Daquele dia em diante, comecei a entender Robespierres, Napoleões, Che Guevaras e Cristos; o fardo da liberdade é monumental e dele jamais realmente nos libertamos.

O Moedor de Café

Não gosto de café. Não bebo. Nem uma única gota. E não se trata apenas do gosto, até o cheiro me causa aversão.

Isto vem de longa data; lembro-me de quando eu era criança e, na casa de amigos, na hora do lanchinho da tarde, as mães deles preparavam a mesa e nos serviam, e da minha cara quando elas enchiam meu copo com café.

— Não toma?

E eu negava com a cabeça. Então, elas rapidamente trocavam meu copo por outro, enchiam-no com leite e novamente aquela expressão de repulsa na minha cara.

— Também não toma?

— Só com Nescau — eu respondia, o que as obrigavam a procurar no fundo de algum armário, resmungando, por aquele pote de Nescau ou Toddy já vencido de tão velho.

Isto também me causava embaraços durante o tempo que morei na Europa. Toda vez que eu recusava uma xícara de café colombiano — dizem que é excelente — ou um cappuccino, imediatamente fulminavam-me com os olhos, como se eu houvesse proferido alguma heresia e o papa estivesse prestes a me excomungar por isto.

— Não gosto, porra, simples assim!

— Brasileiro que não gosta de café não existe — retrucavam.

"Eu existo, logo brasileiro que não gosta de café também", lógica elementar.

No entanto, paradoxalmente, um dos meus grandes prazeres quando eu contava uns dez anos era, ao irmos para a casa de minha vó no interior, moer café.

Talvez você nunca tenha visto um antigo moedor de café na vida, eu mesmo não o teria se não fosse por causa destas viagens, mas o princípio é simples: é um aparelho de ferro, fixo numa mesa, com uma entrada no topo semelhante a um funil, uma manivela que aciona uma engrenagem para triturar o café torrado, e uma abertura no fundo, de onde se recolhe o pó.

Então, toda vez que minha vó perguntava:

— Quem quer moer o café?

Eu logo erguia a mão, apanhava o bocado de grãos torrados e corria para um galpão atrás da casa, onde ficava o moedor. Meus primos e primas se deliciavam com este período de folga, porque durante a minha breve visita eles se viam livres desta obrigação diária.

E era neste mesmo depósito que ficavam armazenadas sacas e mais sacas de café, cuja existência nunca compreendi. Não sabia se eram para ser revendidas, ou apenas para consumo próprio, mesmo que fosse impossível para uma única família beber tanto café na vida.

Sozinho naquele depósito sujo, úmido, escuro, cheio de teias de aranha e, pelo que meus primos me diziam, de onde era muito fácil sair apinhado de piolhos, eu girava a manivela, imerso no cheiro de café torrado que subia do moedor.

Este divertimento perdurou até uns treze anos, mas depois disto, eu só continuei perfazendo-o porque não conseguia contrariar minha avó que, ao abrir um sorrisão que quase arremessava sua dentadura pra fora, perguntava, fitando-me:

— Quem quer moer o café?

E já antecipando minha resposta, ela me estendia o saco de café e, constrangido, eu me via forçado a ir para o galpão moê-lo, não sem antes ouvir os risinhos dos primos e os cochichos:

— Se ferrou!

Era aniversário de quatorze anos de um dos primos e toda a vizinhança foi convidada para a casa da minha vó. Não era exatamente uma superprodução de festa; minha vó sempre foi muito humilde — apesar de eu ter ouvido que ela tinha umas quinhentas cabeças de gado pastando numa de suas fazendas —, por isto, ela fazia questão de que tudo fosse muito simples.

As minhas tias assumiam o papel de quituteiras, enrolando brigadeiros, beijinhos e fritando um punhado de coxinhas. Minha mãe, que não tinha talento algum para a cozinha, organizava a piazada para os preparativos: encher bexigas, arrumar as mesas no quintal, enxotava os menorzinhos que filavam uns docinhos, ou mandava as primas para o banho. Meu primo, que já emanava ares de adultos — um ralo bigode e, segundo ele, um razoável chumaço de pentelhos —, achava toda aquela balbúrdia ridícula.

— Pô, mãe, eu não sou mais criança! Pra que bexiga?

Uma das provas de que ele não se sentia mais criança se via nas convidadas; logo avistamos uma revoada de meninas chegando pela rua, vindo em direção à casa de minha vó.

A presença de garotas, ainda mais garotas de nossa idade, atiçou toda a molecada.

— É hoje que vou me dar bem! — cada um dizia para si, mesmo que muitos não tivessem coragem de se aproximarem delas. Por outro lado, eu ainda me sentia o mais inexperiente de todos ali, apesar de ser um pouco mais velho do que eles. Quase todos os meus primos já haviam perdido a virgindade, alguns com menininhas do sítio, outros com putas mesmo, encorajados por seus pais. Apenas os mais novos, menores de doze anos, e eu é que ainda estávamos na fila para sermos descabaçados.

O aniversariante veio até mim e me disse:

— Está vendo aquela ali? Diz que viu você na missa ontem. Vai lá, rapaz, que ela é facinha.

— Sério?

— Sim. Todo mundo já traçou a Rafinha. É só chegar que ela dá.

E esta última frase foi fatal para mim. Minhas pernas começaram a tremer e eu fiquei tão aterrorizado, que eu passei a vagar pelos cantos da festa, só me expondo para ir catar uns salgadinhos.

Foi numa destas oportunidades que Rafinha me abordou.

— Oi? — ela molhou os lábios e mexeu no cabelo.

Não me lembro o que respondi, mas gaguejei e ela riu.

— Você é tão bonitinho — ela disse.

Quando percebi, já nos atracávamos atrás de uma árvore no quintal. Eu não era o rapaz mais experiente do mundo, mas já havia pegado nuns peitinhos antes. No entanto, logo estes meus poucos truques se esgotaram. Eu estava muito excitado, mas não tinha muita certeza de até onde poderia ir.

Novamente, a iniciativa foi de Rafinha:

— Vamos pr'um lugar mais calmo?

E, num reflexo, pensei no depósito: lugar mais calmo não havia.

Foi naquele canto escuro, úmido, teias de aranhas — quiçá, piolhos! —, atrás das sacas de café, que meu suor se misturou com o de Rafinha, que pela primeira vez me senti dentro de uma mulher.

Há momentos que mudam a vida duma pessoa: de alguns deles não nos lembramos, nem temos como: a data de nosso nascimento, nossas primeiras palavras ditas, a primeira vez que nos espantamos diante do nascer do sol, e talvez o dia de nossa morte, pois não sabemos se há algo para além ou se é meramente o fim; mas há também aqueles inesquecíveis: o primeiro dia na escola, aquele Natal no qual descobrimos que Papai Noel não existe, o dia em que passamos no vestibular, a aquisição do primeiro carro, o nascimento dos filhos, a morte de nossos pais... Eu e Rafinha, corpos nus entrelaçados, é uma destas lembranças.

Eu me apaixonei por ela, adoeci de amor. Voltei para minha cidade e tudo me trazia a memória daquela noite. Ao chegar em casa, depois da aula, eu me jogava na cama, punha um CD de Johnny Rivers, e sonhava acordado, angustiado, aborrecido, oprimido pela saudade. À noite, antes de dormir, o desejo me consumia. As horas se arrastavam. Tinha de acordar cedo e o relógio na cabeceira indicava três horas da manhã. Batia uma punheta assistindo aqueles filmes eróticos da madrugada e, por mais aquele dia, eu vivia sem Rafinha.

O passar dos meses foi uma eternidade. Só retornaria à casa de minha avó para as férias do fim de ano. De julho a dezembro, um, dois, três, quatro meses. Mas o tempo simplesmente havia parado e, no meu peito, uma paixão como eu nunca sentira antes.

Minha mãe comprou as passagens de ônibus e pude respirar aliviado, faltavam apenas mais alguns dias.

Chegamos à minha vó de manhã bem cedo. Todos acordaram para nos receber, como era de praxe. Vovó preparou um café para a gente, leite com Nescau pra mim, é óbvio! Meus primos também despertaram, olhos cheios de remelas e marcas de travesseiro no rosto. Puxei um deles pelo braço até o quarto e perguntei:

— E Rafinha, como ela está?

— Bem... acho.

— Eu preciso ver aquela menina de novo.

— Sai desta, moleque. Cata outra.

Mas eu não queria outra. Meu primo me tranquilizou: comemoraríamos o aniversário de uma das primas e Rafinha também viria. O repeteco prometia ser bom.

A festa foi organizada, a mesma baderna de antes, criançada correndo pela casa, bexigas infladas e o cheiro de fritura. Os convidados chegaram.

Contudo, tudo estava diferente.

Rafinha sequer olhava para mim. Eu forçava um encontro, aproximava-me, mas era como se eu houvesse me tornado o homem-invisível.

— Deixa disso, — me disseram — ela é só uma piranhazinha.

Então, eu não a vi mais. Perguntei aos primos e primas, mas ninguém sabia onde ela estava. Fui até atrás da mesma árvore em que estivemos, e nada. Decidi arriscar, por fim, o depósito.

Ouvi alguns ruídos vindos de dentro, gemidos abafados.

Estendi o braço e gentilmente entreabri a porta. Pela fresta, pude ver Rafinha sentada sobre o balcão do moedor de café, vestido erguido até a cintura, calcinha arriada até os tornozelos, e no meio de suas pernas, um homem com a bunda exposta.

Dei um passo adiante e terminei de abrir a porta. O ranger fez com que ambos olhassem em minha direção. O olhar do homem pousou sobre mim, num misto de espanto, raiva e excitação.

— Tio? — perguntei, e antes que eu pudesse ter qualquer reação, ele abandonou Rafinha com as pernas arreganhadas e veio com a benga balançando até mim. Segurou-me com força pelo braço, fechou a porta e me jogou contra a parede.

— Você não vai contar nada pra sua tia, senão eu te mato. Te mato!

Não gosto de café. Não bebo. Nem uma única gota. E não se trata apenas do gosto, até o cheiro me causa aversão. Nunca gostei. Quando criança chegava a passar vergonha por causa disto na casa de amigos. Mas não era nojo, só não gostava. Mas hoje, toda vez que passo na frente de um boteco e vejo aquele líquido preto escorrendo do bule, fumegando, e o cheiro me alcança, não posso evitar de pensar em mim, em Rafinha, em sacas de café, no pau meio mole de meu tio e num moedor de café.

Não consigo.

Não dá.

Nova York
05/12/2008

A máquina de fazer pães

Desde que me conheço por gente, vovó sempre fez pão caseiro, quentinho, macio, cheiroso, que, quando saía do forno, já ia pra mesa e comíamos com manteiga, que derretia na massa fumegante.

Ela começava a amassá-los logo após o almoço, depois os deixava descansar, cobertos por uma toalha na despensa, para, por fim, enrolá-los em pequenos pãezinhos e num grande pão para o café-da-manhã do dia seguinte.

Assim, à tarde, na hora do lanche das cinco, os pãezinhos já estavam prontos e nos convidando com o cheiro que se esgueirava para fora da cozinha e nos alcançava na varanda ou até mesmo nos quartos.

Era quando corríamos para a cozinha e encontrávamos a mesa posta, o leite no bule, a barra da manteiga e os pãezinhos morenos nos aguardando.

Este era o ritual diário e esperado, o afazer vespertino de vovó, antecedido pela feitura do almoço e sucedido pelo cuidado das galinhas e dos porcos, ou pela preparação de sabão ou doce-de-leite no fogão à lenha.

No entanto, titio viajou aos Estados Unidos e, ao retornar, trouxe um embrulho e o entregou a vovó:

— Trouxe de Miami para a senhora — ele disse.

Ela desempacotou o presente e retirou o mostrengo ovalado, branco, e cuja função ninguém conhecia.

— O que é isto? — vovó coçou a cabeça.

— Uma máquina de fazer pães, mãe. É a última palavra em novidade. Assim, a senhora não perde mais tempo. Basta pôr os ingredientes ali dentro, que a máquina amassa, deixa a massa crescer e assa. Assim, a senhora terá mais tempo para aproveitar a tarde.

— Hum... — vovó resmungou e abandonou o aparelho num canto no balcão da cozinha. E continuou preparando e assando os pães como sempre fizera.

Mas, um dia, minha tia chegou e fitou demoradamente a máquina. Depois procurou pelo manual, leu as instruções e arriscou a receita mais básica de pão.

A máquina entrou em funcionamento e, assim que os primeiros chacoalhões e tremeliques dela surgiram, todos nós, primos, primas e tios, reunimo-nos ao redor para vê-la atuar. Logo subiu um cheirinho de farinha amassada, bastante semelhante ao de quando vovó preparava os pães.

Vovó também apareceu na cozinha e, descrente, assistia tudo recostada no batente da porta, braços cruzados e cenho franzido.

— Duvido que saia alguma coisa que preste daí! — ela disse lá pelas tantas, mas a máquina a desmentia, preparando uma massa macia e elástica, muito bonita, segundo a minha tia.

Mais tarde, iniciou o último processo — assar o pão — e pudemos sentir o cheirinho bom.

Quando a máquina apitou, avisando o final da feitura do pão, todos corremos para averiguar o resultado e a prova foi a favor da máquina.

— É fácil de fazer, e o pão é uma delícia — asseverou titia — até uma criança poderia fazer um pão deste jeito.

E para constatarmos esta possibilidade, apostamos que, no dia seguinte, quem prepararia os pães seríamos nós, as crianças.

Como era o esperado, tudo correu bem e o pão ficou tão gostoso quanto anteriormente.

A mesma cena se repetiu dia após dia, revezando-nos na feitura do pão, mas podíamos sentir que havia uma ponta de inveja nas feições de vovó toda vez que a máquina era posta em funcionamento. E não a vimos comendo pão da máquina.

Às vezes, nós a encontrávamos sentada numa cadeira, voltada para máquina em atividade, mãos entrelaçadas e um olhar de desespero, quase a asserção de sua inutilidade naquela casa.

Vovó não mais preparava pães e, além disto, ela passou a negligenciar outras atividades domésticas. Apenas observava a máquina cumprindo uma tarefa que antes era sua.

Contudo, certa manhã, fomos acordados por gritos de titia.

— Um bandido! Um bandido entrou aqui em casa!

Assustados, fomos todos à cozinha e a encontramos toda revirada. Panelas no chão, pratos e copos estilhaçados e, o pior de tudo, o bandido havia levado a máquina de pães.

Titio apanhou uma espingarda (que não sabíamos que existia até aquela data) e vasculhou os arredores para se certificar de que o bandido havia realmente partido.

Ficamos todos muito amedrontados e a polícia foi chamada. Foi uma grande comoção, vizinhos vieram e vários diziam que, daquele dia em diante, não deixariam mais portas e janelas abertas, e que a vizinhança já não era tão segura quanto antes.

A única que parecia aliviada era vovó, que graças ao ladrão havia sido livrada do seu pior inimigo, a máquina de fazer pães. Mas titio não pôde evitar de comentar:

— Não fique chateada, mãe, quando nós formos a Miami de novo, eu compro uma nova máquina pra senhora.

Mas chateada ela não estava e, naquela tarde, ela havia sido restaurada ao posto de padeira oficial da casa.

Só que, ontem, ao brincarmos de desbravadores da selva Amazônica no pomar atrás da casa, sem querer, eu tropecei e caí em meio às bananeiras. Foi quando percebi o troço branco que me atrapalhara, ali no chão, todo quebrado. Sem dúvida, a máquina de pães já tinha visto dias melhores. Foi então que concluí que nunca havia existido ladrão algum e que o sumiço da máquina era pura e simplesmente um gesto de vingança.

Não contei a minha descoberta para ninguém, pois não quero comprometer vovó. Mas hoje mesmo, nossos olhares se encontraram durante o almoço e, maroto, fiz um sinal com a cabeça, em direção ao jazigo da finada máquina de pães. Ela compreendeu e, mais tarde, me perguntou se eu queria que ela preparasse algum doce especial.

Este será o vínculo da nossa cumplicidade e meu trunfo: amanhã, pedirei para vovó fazer doce-de-leite, e no dia seguinte, goiabada, e quero macarrão e pernil de porco no almoço de domingo. Tenho certeza que tais pedidos, e muitos outros depois, serão realizados.

Nova York
18/02/2009
(Publicado originalmente como "The Bread Machine" na Blue Lake Review, edição de maio de 2012)

O Galo Meu

Ele desfilava com imponência pelo quintal da minha vó: o meu galo. O mais lindo de todos, alto, quase do meu próprio tamanho no auge de meus oito anos, com uma penugem reluzente, o pescoço de um azul vivo e brilhante, e esporas ameaçadoras como lâminas, mesmo sendo um galo pacífico, até onde eu podia perceber.

Encantava-me o mundinho dos galináceos, todos se aglomerando desesperadamente para comer a quirera que minha vó lançava ao ar, gritando:

— Cuti-cuticuticuti!

Vinham as galinhas e os pintinhos, redondinhos e amarelinhos, e também os frangotes desengonçados. Mas o meu galo não, observava tudo de longe, o dono absoluto do terreiro.

Ele não havia sido sempre meu galo, até que, num verão, fiz o pedido:

— Vó, sabe aquele galo grandão?

— Sei sim.

— Dá ele pra mim?

— E o que você vai fazer com um galo, moleque?

— Cuidar dele.

— Então 'tá certo.

Assim, daquele dia em diante, o galo mais lindo de todos havia se tornado o meu galo. Batizei-lhe de Harrison, e era o meu dever jogar-lhe a quirera:

— Cutu-cuticuticuti! Vem cá, Harrison!

E lentamente ele vinha, cheio de si, bicando a comida com soberbia.

Pensei muito no meu galo na viagem de volta para a cidade, repleto de planos para as próximas férias. Existia coleira para galos? Assim eu poderia exibir-me com ele pela vizinhança da minha vó, eu e o mais galo dos galos, o Hulk Hogan dos galos, temível e grandalhão. A molecada e as donas de casa se recolheriam ao ver-me caminhando com o galo ao meu lado, atemorizados que ele pudesse se soltar da coleira e sair bicando e esporeando a torto e a direito, muito mais perigoso do que qualquer cão de guarda. Cogitei até a levá-lo a rinhas, eu do lado do ringue, dando instruções a ele, e Harrison ganhando todas as pelejas. Mal sabia, naquele tempo, que isto era crueldade animal, proibido por lei, nem que voava sangue e penas para todos os lados. Nas brigas de galos de minha imaginação infantil, um deles sairia com o olho roxo, enquanto o outro levantaria as asas em glória, assim como nos desenhos animados, sem demasiado sofrimento nem mortes.

Com o passar das semanas, esqueci-me um pouco de Harrison e só me ocorria a existência dele quando, ocasionalmente, comentava com os colegas de escola:

— Sabia que eu tenho um galo? Acho que deve ser o maior galo do mundo!

Mas a mente estava ocupada o bastante com as matérias da escola de manhã e com os seriados japoneses à tarde. E, vez ou outra, eu desenhava o meu galo, intercalando panteras, leões e super-heróis.

Retornei meses depois à casa de minha avó, chegando cedinho como o habitual. Tomamos café da manhã e eu saí ao quintal, à procura por meu galo, mas não o avistei. Nada estranho, reconheço, pois o quintal era enorme e ele poderia estar vagando em meio às bananeiras e amoreiras. Certamente apareceria para comer quirera mais tarde.

Mas não o vi depois, o que me perturbou.

— Não estou encontrando o Harrison — comentei com meu primo.

— Ninguém te contou? — vislumbrei um risinho maldoso — Ele morreu...

— Sério?

— Sério.

Calei-me por um tempo, pensativo.

— E o que fizeram com ele?

— Como assim?

— Com o cadáver do Harrison?

— Teve canja ontem à noite, sabia?

— Foi?

— Era o seu galo.

Fiquei horrorizado. Era possível isto? Que desumanidade absurda! Barbárie! Como assim jantar um galo de estimação? Quer dizer que agora as pessoas deveriam comer seus cachorros quando estes morressem? Ou que um jóquei deveria comer o cavalo que montava? Ou um falcoeiro a seu falcão? Ou um dono de circo cearia o elefante ou o tigre quando estes passassem desta para melhor?

Eu precisava confirmar esta história, poderia ser apenas uma maldade do meu primo, e corri para falar com minha vó.

— É verdade que meu galo morreu?

— Morreu sim.

— E o que fizeram com ele?

— Comemos, ora bolas!

Para vovó, era simples pensar deste modo, ela que quebrava o pescoço de um frango sem esforço algum, e deixava-o dependurado numa trave, debatendo-se até esvair-se lhe a vida, mas, para mim, nada fazia sentido. A ausência de Harrison, o galo dos galos, naquele quintal imenso era devastadora, um vazio inexplicável.

Pois o meu galo havia sido o senhor absoluto do terreiro, e também a canja da noite passada.

Buenos Aires
03/03/2012

A Alma da Capital

Minha coroa quase nunca falou sobre meu pai, e eu, em respeito ao padrasto, que me criou como a um verdadeiro filho, também não tocava neste assunto.

Conviver não é fácil, pois às vezes magoamo-nos uns aos outros sem nem termos intenção.

No entanto, ao avisar minha mãe que me mudaria para Brasília para assumir um cargo no funcionalismo público, os olhos dela se encheram de lágrimas, ela segurou delicadamente minhas mãos entre as delas e me puxou para a sala.

— Seu pai teria orgulho de você.

— Sim, eu sei...

— Promete que se cuida? Ouvi no rádio sobre os atentados nas bancas de jornal. Os ânimos estão à flor da pele. Não vá se envolver com politicagem, meu filho, nem com estes grupos radicais.

Eu ri, um pouco nervoso. Não entendia nada de política, nem me interessava o comunismo, apesar de vários amigos da universidade terem levado borrachada da cavalaria em protestos. Eu não estava nem aí para o Figueiredo. A minha diversão eram os filmes do Chuck Norris, Bruce Lee e James Bond, nada muito intelectualóide e Marx nunca havia dado as caras por minhas prateleiras. Tudo que mais me importava era a minha garota, e eu estava deprê pacas por deixá-la pra trás.

— Não se preocupe, mãe — respondi, enquanto ela me abraçava com força.

— Sabe, foi lá que conheci seu pai...

— Em Brasília?!

— Sim, era um dos peões que ergueu aquela cidade, isto vinte anos atrás. Vindo do sertão baiano, pele queimada do sol e olhos cor de grafite. Um baita homem, eu lhe digo! Daqueles que parecia saído das histórias de jagunços e cangaceiros. Muitos tinham medo dele, um sujeito calado e que nunca sorria, trabalhando incansável do nascer ao pôr do sol. Meu noivo e ele logo se tornaram os melhores amigos, unha e carne, como se diz. Na hora do almoço, eu levava a marmita para os dois no canteiro de obra e seu pai falava que, assim que juntassem um dinheirinho, ele e meu noivo abririam uma sociedade no Rio de Janeiro e ficariam ricos. Aquela era a época dos sonhos, meu filho, mesmo que todos nós estivéssemos comendo o pão que o diabo amassou. É o progresso atropelando os fracos para que os fortes fiquem ainda mais poderosos. Não estou certa de quando reparei que seu pai me olhava com outros olhos, desejando-me, mas sei que também me apaixonei por ele. Ninguém manda no coração, e todo o jovem é capaz de fazer loucuras quando está apaixonado. Uma manhã, seu pai me chamou num cantinho e me disse: "quero encontrar você mais tarde". E foi na escuridão, no meio das obras, no esqueleto do que viria a ser o Palácio do Planalto, que eu e seu pai nos amamos, cheios de medo que os capatazes nos flagrassem.

— E o seu noivo?

— Não sabia de nada, a princípio. Até que os boatos começaram a circular entre os peões e a notícia chegou aos ouvidos dele. Meu noivo era pacífico, um santo, não quis acreditar no que escutava. Mas, uma noite, com a pulga atrás da orelha, ele foi atrás de mim na construção e nos pegou juntos. Um rebuliço! Seu pai puxou uma peixeira e só não matou o meu noivo porque não deixei. Não queria nenhum morto por minha culpa, não sou assim. Juntei minhas trouxas e fui de vez pra casinha de seu pai. Ele e meu noivo não se falaram mais, apesar de trocarem olhares atravessados quando se esbarravam. E eu morria de medo que por um ato de vingança eles ainda se matassem. Seu pai se isolou ainda mais, todos o evitavam e ele virou um homem amargo. Era no meu seio, na escuridão da noite, que ele sussurrava para mim que me amava e que, quando possível, cairíamos no mundo e seríamos felizes como casal nenhum jamais foi.

E minha mãe enxugou com um lencinho a lágrima que lhe deslizava pela face.

— Já estava tudo certo e em uma semana partiríamos de Brasília rumo a Salvador, onde um amigo de seu pai havia lhe arranjado um emprego. Então o andaime onde trabalhava meu antigo noivo tombou. A amizade entre eles falou mais alto e seu pai correu para acudir, segurando o amigo pelo braço. "Não vou te soltar", ele disse, mas os dois despencaram trinta metros abaixo. Foi um milagre, muitos disseram, porque meu ex-noivo se salvou ileso, nem um arranhão, enquanto seu pai caiu de cabeça e morreu no ato. Uma semana antes de irmos embora, dá para acreditar?

— E o que aconteceu depois? — perguntei.

— Meu ex-noivo veio e me consolou. "Ele era um homem bom", me disse, "um verdadeiro amigo". Eu respondi: "estou grávida... E o pai do meu filho está morto. O que será da minha vida?". Eu chorava. Aquele que havia sido meu noivo se ajoelhou diante de mim e jurou: "vou cuidar de você até o fim de seus dias. Confie em mim". Parecia até cena de filme.

— Meu padrasto? — perguntei.

— Sim, filho, ele sempre cumpriu a promessa, nunca deixou de me amparar e, com o tempo, voltei a amá-lo como antes. Viemos para o sul, você nasceu e fomos muito felizes até agora.

A luz vermelha do entardecer atravessava as cortinas e iluminava o rosto de minha mãe. Era a primeira vez que transparecia a dor íntima que ela havia ocultado por tantos anos.

— E você pensa nele?

— Todo o santo dia. Nem todo o tempo do mundo apaga o verdadeiro amor. E tem você, com o olhar profundo e cinzento do seu pai, como um retrato vivo do homem que conheci vinte anos atrás. Ele era um verdadeiro brasileiro, não daqueles que usam ternos e fazem leis, ou que estão sentados em poltronas de couro fumando charutos. Era daqueles brasileiros que põem a mão na massa, que erguem os prédios de luxo nos quais jamais poderão habitar, que constroem as capitais onde trabalharão os políticos que não dão a mínima pra gente simples como nós. Ele era a alma do nosso país, e morreu trabalhando para nos dar um futuro.

No ônibus, a caminho para a capital, refleti muito sobre esta história. Eu era jovem quando minha mãe me revelou este segredo e, desde então, vi o fim da ditadura, meia dúzia de presidentes passarem pelo Planalto e maracutaias e escândalos sem fim. No entanto, sempre que caminho pelas ruas da cidade, penso que por aquelas veias corre o sangue do meu sangue, daquela classe de heróis anônimos que são a argamassa do mundo, cujas insignificantes vitórias cotidianas jamais serão contadas nos livros de História. Como minha mãe havia dito: a alma de nosso país.

Perúgia
02/07/12

O Beijo

Se me virem com você, me matam. Ela me disse. São assim, me odeiam, sou como uma prisioneira aqui.

O palácio hoje é um museu e a entrada custa o equivalente a dois dólares. Seus interiores são exatamente como me lembro, como se houvessem sido congelados em uma fotografia. Na minha frente, um guia explicava tudo para um grupo de italianos e, quando chegamos ao salão de jantar, comecei a tremer. Incontrolavelmente. Vinte e dois assentos e foi ali onde me sentei, e foi naquele outro extremo, perto da ponta, onde ela estava ao lado dos pais.

Meu pai havia sido designado cônsul para a região. Eu já estava habituado a esta rotina de mudanças e também à solidão que me acompanhava. Sempre deixando amigos para trás. Sempre num lugar novo. Sempre recriando vínculos para depois perdê-los outra vez.

Era nisto que eu pensava quando o olhar dela se voltou para mim. Nós, os dois únicos jovens naquele jantar repleto de autoridades, com garçons de turbante e luvas brancas.

Os olhos dela eram de um verde opaco, mas que às vezes me pareciam amendoados dependendo de como refletiam a luz. Eram verdes e tristes. Vi neles a mesma solidão que havia em mim.

Numa outra sala, havia a prataria e as louças expostas em estantes. Copos de cristais. E pensei qual daqueles copos ali haviam tocado os lábios dela, e também se eram os mesmos daquele jantar. Serviram-nos pratos estranhos — exóticos, alguns diriam — e eu não gostei.

Experimente este aqui, minha mãe disse, mas eu não quis. Não queria estar ali.

Depois, o baile. Ela, num canto, cercada por tios e tias (supus). Eu, no outro, sentado numa cadeira desconfortável. Os adultos dançavam uma valsa vienense. Os músicos da orquestra pareciam cansados. Um deles tinha a cara de um antigo vizinho nosso em Istambul. Simpatizei com ele. Quando olhei de volta para ela, percebi que também me fitava. Corei e lancei um sorriso sem graça, embora espontâneo. Ela deve ter sorrido também, mas não pude ver em meio às pessoas que rodopiavam pelo salão de baile.

A ampla varanda estava repleta de turistas, muitos deles chineses com viseiras, todos fotografando os jardins floridos e minuciosamente cuidados.

Estava escuro na última vez que estive ali e apenas um lampião ou outro iluminava as veredas.

Tinha saído para procurar um banheiro, mas me perdi em meio às incontáveis salas. Parecia um labirinto e devo ter levado mais de meia hora para reencontrar meu caminho. Um sussurro. Alguém me chamava para a escuridão da ampla varanda que dava para um jardim que não podíamos enxergar nas trevas.

Era ela.

Se me virem com você, me matam. Ela disse.

Não acreditei.

Hoje é meu aniversário, sabia? Dezoito anos. Dezoito anos e nunca fui beijada. Dezoito anos e nunca deixei este maldito palácio. Então ela me puxou contra si e me beijou com violência e desespero. Era como se quisesse me devorar, tornar-se eu e fugir dali escondida sob a minha pele. Eu era livre e ela não. Eu havia visto o mundo e ela não. Eu viveria e ela não.

Ela me soltou e percebi que chorava. Deslizei minha mão pelo rosto dela (tinha algumas espinhas que só percebi naquela proximidade) e disse.

Tudo vai ficar bem. Todos passamos por isto. Não é fácil pra ninguém.

Tenho de ir. Ela disse, mas eu a segurei pelo braço antes que deixasse a varanda.

Feliz aniversário. Sussurrei, soltando-a enfim.

Fiquei sozinho ali fora, ouvindo as cigarras e sendo picado por mosquitos enormes.

No dia seguinte, o país estava de luto. Bandeiras a meio mastro.

Ela havia sido encontrada morta em seu quarto, pulsos cortados. Suicídio disseram os jornais.

Não consegui acreditar, pensando apenas no *Me matam* dito na noite anterior. Me senti culpado. Havia sido o meu beijo da morte. Haviam nos visto e, por isto, a mataram. Jamais deixei de pensar nisto e todos os meus relacionamentos posteriores foram marcados pela sombra da tragédia. Eu matava quem amava. Algumas delas morreram de fato (enviuvei aos trinta e depois aos cinquenta e cinco), outras emocionalmente. O meu beijo da morte.

Entrei no quarto que havia sido dela. A primeira vez que entrava ali. A cama onde ela havia se matado/havia sido morta.

Na parede, um retrato a óleo dela, com seus profundos olhos verdes.

Não sorria. Não tinha espinhas. Não parecia infeliz.

Atenas, junho de 2017

O doutor *adevogado*

O doutor apareceu pela primeira vez em casa numa noite de sábado, entrou, acomodou-se na sala e acendeu um cigarro. De terno, gravata e gel melequento no cabelo, e, de quando em quando, cofiava o bigodinho a *la Clark Gable*.

Minha mãe, cheia de sorrisos, desapareceu no quarto para os preparativos finais, enquanto eu o espiava desde a penumbra do corredor.

Muitos homens haviam passado por aquele sofá nos últimos meses, muitos mesmo. Minha mãe parecia desesperada por encontrar um substituto para meu pai, e errava de senhor em senhor, crente que algum deles aceitaria uma viúva com um pirralho na barra da saia, e nos levaria para morar em algum casarão ou numa cobertura de luxo.

Ao escutar o ruído da gaveta da penteadeira se fechando, corri para minha cama e me cobri, fingindo que dormia. Mamãe veio, beijou a minha testa e me desejou boa-noite.

— Vou sair para dançar, mas não volto tarde.

Uma lagrimazinha escorreu, mas ela não deve tê-la visto. Eu me sentia tão fragilizado sozinho naquele apartamento. Bastava que ela saísse, trancando a porta atrás de si, que era como se todas as proteções ruíssem e eu houvesse sido lançado para a morte certa. A noite era silenciosa e assustadora. Cada estalo nos móveis, cada ranger de porta, cada goteira, cada assovio do vento ou miados de gatos nos telhados vários eram perigos mil. Agora todos os bandidos, psicopatas e assassinos à solta pelo mundo farejariam o meu medo e viriam me pegar. Eu estava só e desprotegido, simplesmente porque a minha mãe baixota e magrela não estava por perto.

Ela também deveria se sentir desamparada e justamente por isto ansiava tanto por um novo marido. Um macho para controlar o lar. Um braço para proteger-nos tanto a ela quanto a mim.

Nada aconteceu, nenhum criminoso perigoso veio. Dormi, para despertar apenas com o barulho do trinco e do toc-toc do salto alto de mamãe nos tacos da sala.

Pela porta entreaberta do meu quarto, chegou até mim o odor de perfume e cigarro, e os passos descompassados denunciavam que ela deveria estar bêbada. Quis me levantar, mas tive medo. Mamãe ficava imprevisível quando bebia, e podia sobrar para mim, que nada havia feito de errado.

Demorei muito para voltar a dormir, escutando-a tomando banho e depois se jogando na cama. Tive muita pena dela, desejei que papai não houvesse morrido tão novo. Odiei a morte, tão cruel e injusta!

Naquela noite, tive certeza que não veria mais aquele sujeito de terno, gravata, gel e bigodinho ridículo, mas, no domingo seguinte, assim que saímos da missa, minha mãe se agachou e, mirando-me com ansiedade, disse:

— Vamos almoçar com um amigo meu. Quero que você se comporte. Jura pra mim?

Com o polegar, fiz o sinal da cruz sobre os lábios, e o doutor logo surgiu com um carrão, daqueles de magnatas. No banco de trás, eu brincava com o vidro elétrico, a primeira vez que via algo assim na vida.

— Não mexa, senão vai estragar! — minha mãe gritou, mas o senhor interveio:

— Deixe o menino... Não tem problema.

Mas preferi obedecer à minha mãe, a autoridade máxima, pois havia jurado que me comportaria.

Já no restaurante, fomos servidos e comemos em silêncio.

— O doutor Orlando é *adevogado* — disse minha mãe com toda a pompa, adicionando uma vogal como ela sempre fazia quando queria ressaltar a importância de algo: papai havia sido o *pisicólogo* e minha tia era uma *adiministradora*.

— E você protege os bandidos? — perguntei, lembrando-me de um filme de tribunal que havia assistido na noite anterior.

— Não — riu o doutor Armando — a minha área é Cível, não Criminal.

— Ah — balbuciei, sem entender palavra, sendo fulminado pelo olhar repreensivo de minha mãe. Mesmo assim, admirei o doutor, de terno até no domingo, dia santificado de descanso. Devia ser importante e poderoso, trabalhando até em finais de semana.

Voltei a ver o doutor *adevogado* em outras ocasiões e ele reapareceu lá em casa, corretíssimo no sofá da sala, cigarro na mão e bebericando uma taça de licor.

— Mãe, você vai casar com o doutor? — perguntei uma noite.

Ela sorriu com acanhamento, mexendo no cabelo.

— Não sei, querido... Ainda não decidimos.

— Será que papai aprovaria?

— Acho que sim... — ela se engasgou, talvez com vontade de chorar — Ninguém nunca será como seu pai, mas a vida segue adiante. Não temos escolha.

— Queria tanto que ele ainda estivesse aqui.

— Eu sei.

Então, o doutor Orlando se tornou uma presença habitual. Dormia com minha mãe e eu podia até escutá-los rindo e gemendo no quarto dela. Tive ciúmes, raiva e desejei que, na manhã seguinte, eu despertasse já adulto, para pegar minhas trouxas e cair no mundo, sem ter de presenciar estas sem-vergonhices. O que meu pai diria?

Por outro lado, fascinava-me muito o doutor, tão fino e imponente. Cheguei até a sonhar em tornar-me um advogado quando crescesse, de terno, gel, cigarro e bigodinho. E quando isto ocorresse podia até visualizar minha mãe dizendo para os outros, cheia de orgulho de mim:

— Meu filho é um baita *adevogado*! Dos melhores!

Uma gritaria me despertou certa manhã.

Minha mãe discutia com o doutor Orlando, chamando-o de crápula, pústula e cafajeste. Ele retrucou à altura e saiu batendo a porta.

Transtornada, ela entrou em meu quarto e foi direto até o armário, de onde apanhou uma mala e nela lançou minhas roupas.

— Que foi, mãe? — cocei os olhos.

— Pegue suas coisas... Já!

Ela também arrumou as bagagens dela e, puxando-me pela mão, levou-me até a rodoviária. Sentada no portão de embarque, ela desabou a chorar, sem me explicar nada.

Meus avós nos receberam na casinha no interior e mamãe se trancou no quarto por dias, saindo apenas para tomar banho e beliscar o almoço, mal dizendo um ai.

Fui eu quem a encontrou inerte no chão gelado do banheiro, frasco vazio de comprimidos na mão. Pálida, lábios arroxeados, sem respirar.

O doutor Orlando, o ilustre advogado, não havia roubado somente os nossos bens, o apartamento, o carro e a poupança.

O que ele me tirou jamais poderei reconquistar.

Buenos Aires
03/04/12

Fissuras

Os trens da morte

Há setenta anos que meu avô não entrava em um trem.

Pense como se houvesse sido um sonho, *zaide*.

Um pesadelo! Ele respondia, prontamente.

Sim, um pesadelo. Pense como se houvesse sido um pesadelo.

Mais do que isto... Foi o mais terrível pesadelo que me ocorreu. O mais terrível que ocorreu ao nosso povo.

Eu sei, eu sei, *zaide*.

Sempre que ele precisava viajar, ia de carro ou de avião. De trem, nunca.

Levaram-nos como se fôssemos bois. Como se fôssemos porcos. E sempre havia uma lagriminha em seus olhos ao dizer isto. Diziam-nos que íamos trabalhar, mas eram trens que nos levavam para a morte. Mas não havia o que fazer. Os que se recusavam a partir eram separados de suas famílias e fatalmente teriam o mesmo fim.

Mas agora é diferente. Vai receber um prêmio. Eu disse a ele.

Meu avô escrevia. Memórias, contos, ensaios. O tema era inevitavelmente o mesmo.

Não devemos esquecer. Para que não se repita.

Isto não vai acontecer outra vez. Jamais! Eu dizia, com muita convicção.

Talvez sim, talvez não. Meu avô respondia. Como prever o futuro? Como compreender a maldade humana? Se houvessem nos advertido naquele tempo, não acreditaríamos que tal barbaridade fosse possível. Quem imaginaria?

Ninguém. Eu respondia.

O mundo só teve uma visão do horror depois, quando as pessoas começaram a falar, quando enfim rompemos a bruma de silêncio e expusemos o que trazíamos na memória. As recordações também são uma arma. No entanto, eu sei que nenhuma palavra, nenhum livro consegue comunicar toda a extensão da tragédia. Pois uma coisa é viver, outra é escrever, e todos os escritores do mundo estão, neste instante, lutando para criar a ponte impossível entre experiência e relato. É um abismo terrível e assustador, que nos encara nos olhos e sempre nos lembra que não conseguiremos.

Ele havia escrito um romance. Seu único romance. *Os Prisioneiros da Terra Prometida*. Ele começa assim.

Eles vieram à noite, enquanto dormíamos. Iam matar-nos todos, das maneiras mais cruéis e inumanas concebíveis, mas, naquele momento, ainda não o imaginávamos.

Este livro se tornou uma leitura obrigatória em nossa família. Todos o lemos, os pais, tios, netos e primos. Era um testemunho de nossa história.

A princípio, alguns críticos a atacaram. "É um panfleto, sem sutilezas, sem complexidade", disseram.

Não é verdade. Ele se defendeu. Mas quando se fala de uma situação extrema e absurda, não há meio termo nem imparcialidade. A realidade não tolera que fiquemos em cima do muro. Deixo as sutilezas e a poesia para o que observam de fora.

Mesmo assim, meu avô ia receber um prêmio muito importante pela obra. Então, eu comprei duas passagens na primeira classe para nós.

Já é hora de enfrentar seus medos, *zaide*. Você virá de trem comigo.

Obrigado, mas assim não irei. Ele disse.

Naquela tarde, nós assistíamos ao noticiário. Sobre os acampamentos ciganos derrubados pela polícia. Sobre os protestos antissemitas em Paris. Sobre as deportações de marroquinos. Sobre as piadas maledicentes e insensíveis sobre os tunísios mortos em um naufrágio na costa italiana.

Isto é o princípio. Disse meu avô. Não pensava que viveria para ver tudo outra vez. Estou velho. Já não me resta muito tempo. Mas temo por você e por suas irmãs.

Não vai acontecer outra vez. Jamais! Eu disse, já sem tanta convicção. As coisas estavam mudando com a crise. As pessoas pareciam estar mais irritadas, menos tolerantes, buscando por culpados.

Precisam de um bode expiatório. Disse meu avô. Essa é a origem de todos os massacres, uma minoria que pague com seu sangue pelo ódio da maioria.

Fomos ao centro para comprar-lhe um terno e um chapéu novo. O barbeiro egípcio o barbeou. Eram amigos há quase cinquenta anos.

Então vai receber um prêmio? Perguntou o barbeiro.

Sim, sim... Respondeu meu avô, muito timidamente.

Sempre soube que você era genial.

Genial, eu? Não sou. Sou apenas um homem, nada mais do que isto. Um homem que viveu e viu muitas coisas boas e outras terríveis.

Quando viaja? Perguntou o barbeiro.

Hoje à tarde, disse meu avô.

Até logo, meu amigo, e parabéns.

Vemo-nos segunda-feira, sem falta, para uma xícara de café. Disse meu avô.

Eles se abraçaram.

Algumas pessoas não gostam que eu seja amigo de um mouro. Ele disse para mim.

Eu sei. Já escutei algumas coisas.

Besteiras! Meu avô riu. Somos todos humanos. Nunca compreenderam de verdade o que eu tentava mostrar-lhes. Uma pena... Uma pena...

Mais tarde, na estação de trem, meu avô tremia um pouco.

Está com frio, *zaide*? Perguntei.

Está ventando. Ele disse.

Pois ponha um cachecol. Eu disse e tirei um da minha mala.

A dank.

Mas ele continuou tremendo. Eu sabia que não era frio. Era medo. A primeira vez que vi medo nos olhos de meu avô, alguém tão extraordinário que parecia saído de um filme de Hollywood.

Não se preocupe, *zaide*. Tudo ocorrerá bem.

Eu sei.

Nos alto-falantes da estação, anunciaram a chegada do trem.

Vou sentar-me um pouco. Ele disse, afastando-se para uns banquinhos.

O trem se deteve na plataforma.

É bonito... Parece novo. Ele disse baixinho. É o nosso?

Sim.

Não vou, ele disse. Não posso.

Eu segurei suas mãos enrugadas e trêmulas entre as minhas.

Está tudo bem, vô. Não tem problema.

Gostaria de saber no que ele pensava e o que sentia. Meu avô lutava contra si próprio. Lutava contra suas lembranças.

No trem, uma garota nos observava pela janela, ao lado de sua mãe. Não tinha mais do que dez anos. Cobria a cabeça com um hijab. Ela acenou para nós.

Tudo mudou, minha neta, mas não devemos nos esquecer nunca. Ele disse, levantando-se.

De mãos dadas comigo, meu avô e eu embarcamos no trem.

A garota moura sorria.

Madrid, 2014

Janela pra Rua

Christiane não virá.

Da minha janela, acompanho o absurdo movimento noturno na rua: táxis, automóveis, gente deixando o cinema, gente bebericando em bares, casais abraçados, assim como eu e Christiane até dias atrás.

Acendo um cigarro, o último do maço, e deixo a brisa da noite roçar minha barba. Tudo aqui dentro, na casa e no peito, e lá fora são recordações dela.

Naquele mesmo cinema, eu a beijei pela primeira vez, e quantas outras vezes depois. No restaurante do outro lado da rua, pus-lhe a aliança nos dedos e brindamos com champanha. No sofá da sala, nossas desajeitadas carícias; na cama, confidências que jamais depositei em outros ouvidos.

Mas descuidamos, não cultivamos bem o amor — a sorte grande que tivemos na vida — e este frágil sentimento secou e morreu.

Já conhecia Linda antes, colega de faculdade; ao visitar minha mãe enferma no interior, reencontramo-nos, jantamos juntos, ela me levou para sua casa e ouvimos alguns discos. Não me recordo se Christiane e eu havíamos brigado antes da viagem, ou se eu me imaginei discutindo com ela, sempre por causa de alguma trivialidade cotidiana — a toalha molhada sobre a cama, esquecer-me de baixar o assento da privada, espremer a pasta de dente no meio do tubo e não no fim, calcinhas penduradas no registro do chuveiro, detalhes que deixam de ser detalhes com o passar dos anos —, mas Linda me seduziu (ou deixei-me ser seduzido) e dormimos juntos.

Tratei de apagar a memória deste deslize, como se isto fosse possível. Semanas depois, Linda bateu à porta de casa, havia se mudado para a cidade, queria minha companhia para jantar.

— Quem é? — Christiane me perguntou, saindo do banho.

— Uma amiga de juventude, gritei, convida-nos para jantar.

— Estou exausta, dor-de-cabeça, pode ir se quiser.

Eu não queria, porém Linda ameaçou revelar nosso caso à minha esposa se eu não fosse. Convenceu-me. Coagiu-me, na verdade.

E as camadas de mentira começaram a se acumular, de hotéis a hotéis com Linda, e eu me obrigando sempre a surgir com uma desculpa cada vez mais elaborada para justificar minhas intermináveis escapadas noturnas.

Quantas vezes não tentei pôr um ponto-final, mas fui dissuadido pelas ameaças de Linda?

Tomei coragem e telefonei para ela.

— Acabou. Não quero mais te ver.

Desliguei, para não ter de ouvir a resposta.

Meia hora depois, a campainha: era Linda.

Ela entrou, dependurou seu casaco no cabide e me beijou. Christiane não estava. Seminus, conduzi Linda a meu quarto e, banhados pelas mesmas luzes e sons desta mesma rua que agora fito, nos amamos.

— Você precisa ir... — sussurrei no ouvido dela — precisa ir agora.

— Não, não vou — Linda apoiava a cabeça sobre o antebraço, olhar frio.

— Por favor — a voz súplice quase me falhou — a Chris logo estará aqui, e dito e feito, pude ouvir a chave lutando contra aquela maldita fechadura emperrada. Apanhei as roupas da Linda e as joguei sobre ela.

— Vai agora, puta que pariu!

Mas ela não moveu um dedo, deitada, nua, na cama minha e de Christiane.

Desesperei-me, segurei-a pelo braço, chacoalhando-a e tentei arrastá-la para fora, para algum lugar, para a sacada, para o armário, para qualquer lugar. Ela se segurou nas barras de ferro da cabeceira, debatia-se, chutando-me, grunhindo, resmungando.

Subitamente, Linda deixou de resistir, olhar fixo em algo atrás de mim, risinho sardônico.

Uma eternidade transcorreu naquele simples movimento de girar o pescoço e visualizar Christiane parada na porta, mão tapando a boca em assombro.

Que explicação dar? Que explicação existe para uma mulher desnuda e o marido só de cuecas na cama? Ganhei um concurso literário uma vez, mas não, não sou tão criativo assim.

Christiane partiu naquela noite; Linda foi embora dois dias depois, soube que para reatar um noivado com um moço da sua cidade.

Hoje, descobri o hotel onde Christiane está hospedada e enviei-lhe um telegrama, implorando para que viesse e conversasse comigo.

Desde então, aguardo. Por horas, por longas e dolorosas horas.

O interfone toca e corro, tropeçando em chinelos e livros, para atendê-lo.

— Tim? Sou eu.

Não me chamo Tim, suponho que o fulano tenha apertado o número errado. Retorno à janela e reviro os bolsos à procura por outro cigarro, lembro-me então que não há mais, bolsos tão vazios quanto tudo o resto.

Isto eu já imaginava, Christiane não virá.

Nova York
28/12/2007

(Publicado originalmente como "Street View Window" em The Fine Line, edição n.º 4, 2012)

O Sorteio

*Parabéns, Sra. Maria de Lourdes Ribeiro, você foi uma das ganhadoras da promoção "**Margarina Felice®** me leva para um cruzeiro". Em breve, você receberá as passagens e as instruções sobre como proceder.*

Com a carta chacoalhando entre os dedos, Maria de Lourdes ria, chorava, dava saltinhos de emoção.

— O que é essa gritaria aí no corredor? A síndica perguntou, braços cruzados, enquanto descia a escada.

— Eu ganhei, Dona Firmina, vou fazer um cruzeiro pro Caribe! Maria de Lourdes respondeu com os olhos marejados. Este havia sido um dos sonhos de sua vida. Desde que havia se casado, isto aos dezesseis anos, foram poucas as vezes que ela havia deixado a cidade. O marido era um homem muito ocupado; nas férias, o destino era o litoral. Uma vez, estiveram em São Paulo para o enterro do cunhado, outra, no Rio de Janeiro para o réveillon, e só.

O marido se aposentou e, um ano depois, morreu de ataque cardíaco. A pensãozinha não deixava faltar nada, mas também não permitia luxos. Boa parte se esvaía na farmácia com os caríssimos remédios para pressão alta que Maria de Lourdes tinha de tomar, esta era a verdade. Mas jamais sobraria um tostão para as viagens dos sonhos — ir para a Europa ou um cruzeiro pelas Bahamas.

Então surgiu aquela promoção. Maria de Lourdes recortou os códigos de barras duma centena de potes de margarina e arriscou a sorte. Mas não contava muito com isto, nos bingos com as amigas, só tinha prejuízo, enquanto algumas delas já haviam abocanhado alguns milhares de reais.

Aquela carta era o sinal de uma mudança, um marco, pela primeira vez, Maria de Lourdes ganhava algo. Seu coração palpitava.

— Filha, estou indo pro Caribe, ela disse ao telefone.

— Que legal, mãe! Quando será isto?

— Ainda não sei, mas acho que em breve. Posso levar uma acompanhante.

— Já pensou em alguém? A filha perguntou.

— Na minha filhota, é claro! Maria de Lourdes respondeu.

— Ih, mãe, as coisas estão corridas lá na empresa. Acho que não vou poder tirar férias pelos próximos seis meses.

Mas, mesmo assim, a filha ajudou Maria de Lourdes com os preparativos. Compraram uma mala enorme e alguns vestidos de veraneio.

— Vai que você conhece um velhão milionário, a filha dizia.

— Que isto! Seu pai é o único, Maria de Lourdes retrucava, com um sorrisinho acanhado.

Isto não impediu que Maria tingisse os cabelos de um ruivo fogoso e passasse uma tarde num spa.

— Um pouco fora do orçamento, mas uma extravagância, nesta ocasião, não vai fazer mal, ela dizia para si.

Todas as manhãs, Maria de Lourdes acordava cedo e se sentava à janela, espreitando a chegada do carteiro. Assim que o via contornando a esquina, ela vestia o *penoir* e corria para baixo.

— Bom dia, Seu Vieira... — os olhinhos ansiosos o fitavam.

— Sinto muito, Dona Maria. Não tem nada pra senhora.

— Não tem problema, ela mentia, para depois retornar a seu apartamento e continuar os preparativos, selecionando as calçolas mais novas, decidindo quais sapatos levar, maquiando-se diante do espelho e treinando alguns passos de valsa para dançar no salão do transatlântico.

Dentre as amigas, já havia convidado meia dúzia como acompanhante, aliás tal convite havia se tornado fonte de ameaças — a qualquer contrariedade ou pequeno desentendimento, Maria de Lourdes se exaltava: "olha que não vou levar você comigo!".

Algumas das amigas começaram a especular, passados dois meses e nada das passagens, que este sorteio não era nada mais que um delírio de Maria de Lourdes, talvez os primeiros sinais de demência.

— Este concurso não existe! Uma delas a desafiou, numa destas discussões.

— Existe sim! Maria de Lourdes se defendeu, arrancando a carta do bolso, já amassada e esfarelada, e a sacudiu diante do olhar invejoso da amiga.

— Mas já são dois meses, Maria! Acho que eles se esqueceram de você.

No entanto, Maria de Lourdes nem cogitava esta possibilidade. "Os trâmites são mesmo lentos para este tipo de coisas", ela se reconfortava. Na mala, mal cabia um fio de cabelo e ela precisou da ajuda de um vizinho para conseguir fechá-la. Nos próximos dias, com certeza, as passagens chegariam, então seria um "cala a boca" para as amigas, Maria de Lourdes torcia.

Os meses se sucederam e nada. Maria de Lourdes mal saía de casa, com medo de que o carteiro viesse e não a encontrasse, não comia por causa da ansiedade, não conseguia dormir; imaginava-se no convés, vendo o vasto horizonte adiante engolindo um sol vermelho, a brisa do mar roçando seus cabelos — "preciso retocar a tintura", ela pensava, pois o branco novamente já aparecia — e o balanço constante e nauseante do barco.

— Amanhã, amanhã, ela resmungava, lutando para conseguir adormecer, roendo as unhas, rangendo os dentes, chorando de raiva.

Numa tarde de segunda, a síndica e dois homens invadiram o apartamento de Maria de Lourdes. Ela estava caída na sala, magérrima, desacordada, encharcada na própria urina.

Após um fim-de-semana sem conseguir falar com a mãe, a filha de Maria de Lourdes ligou para a síndica e para uma clínica de repouso. Internaria sua mãe, antes que ela morresse sozinha naquele apartamento.

Na ambulância, Maria de Lourdes recobrou a consciência.

— Não, eu preciso voltar para casa! O carteiro vai trazer minhas passagens para um cruzeiro! Vou para o Caribe... Levem-me de volta... Levem-me de volta...

Realmente, o carteiro surgiu na manhã seguinte e depositou uma carta na caixa de correio de Maria de Lourdes.

Sra. Maria de Lourdes Ribeiro,

*Gostaríamos de nos escusar, por meio desta, por um equívoco ocorrido em nossos bancos de dados. Seu nome erroneamente foi apontado como um dos sorteados para a promoção "**Margarina Felice®** me leva para um cruzeiro". Como forma de compensação,* *enviaremos para seu endereço uma caixa com nossos produtos, incluindo o lançamento* ***Margarina Felice sabor queijo cheddar.***

Esperamos que nos desculpe por tal equívoco.

Nova York
20/07/2008

O Degenerado

Sou o que sou, pai. Foi o que ele me disse, com a minha espingarda apontada pra cabeça dele.

Ninguém põe um filho no mundo para ter de matá-lo um dia. Ninguém. Você cria, dá comida e teto, educação e tudo mais. Você quer que ele viva, que seja feliz, que também tenha filhos e netos, e bisnetos, e que a sua linhagem perdure por todo o tempo, assim como a incontável semente de Abraão. Um filho é uma parte sua, com um nariz ou olhos que se assemelham aos seus, a boca e o queixo da mãe, e as mãozinhas de alguém de outras gerações. Filho é feito pra orgulhar os pais, pra justificá-los. Alguns falam em vida após a morte, em Céu e Inferno, em reencarnação, mas, no fundo, não acredito em nenhuma destas baboseiras: são apenas historinhas para arrastar as carolas pra igreja, meter medo na gente e encher os bolsos dos padres. Imortalidade pra mim é o sangue, é aquilo que se passa de pais pra filhos, que perdurará mesmo depois que houvermos vestido o terno de madeira.

Eu não queria dar cabo à vida do meu menino, mas ele não me deixava opção.

"Sou o que sou", ele me dizia, e isto só confirmava sua sentença de morte.

Ele odiava ir ao sítio. O extremo oposto de mim. Cresci no meio dos bichos, dos cavalos, dos bois e vacas, das ovelhas e cabras. Meu pai era um matuto, não lia nem escrevia, não gostava de música nem de vadiagem. Botou neste mundão de Deus uma dúzia de filhos. Eu, o caçula, cresci nas barras da calça deste homenzarrão de verdade, sem frescuras nem medo do trabalho. Ele me ensinou tudo que sei, e me ensinou até mais do que ele imaginava saber. Dizia que eu não devia ter medo de ir até as últimas consequências, que palavra dada é palavra cumprida, que homem não chora e que toda ação tem uma reação. Era um sábio da vida real, sem frufrus nem filosofias. Ele morreu antes que eu me casasse, por isto, não viu quando nasceu meu primeiro filho. Gostaria tanto de saber que conselho ele me daria naquela hora crítica. Mato ou não mato este menino, senhor meu pai? Então, ele coçaria a barbicha grisalha e, com a voz firme e baixa, meu pai me diria o veredicto. E ele estaria certo, mesmo se estivesse errado. A vinda pro sítio havia sido proposital. Só um estúpido mata alguém na cidade grande. Logo chega a polícia e o leva algemado pra delegacia. Descem algumas bordoadas em você e o jogam no xilindró com uma cambada de malandros, bêbados e bandidos. E você apodrece naquele lugar por anos a fio à espera do julgamento, e depois apodrece por mais uma década pagando por seu crime. Sim, eu mataria meu filho, mas não pretendia ser preso. Por isto o trouxe pro mato, pra longe dos outros, pra longe da mãe e da irmã, pra onde ninguém ouviria o estampido, onde ninguém procuraria por uma cova, onde ninguém suspeitaria de nada.

Ele relutaria, é evidente, porque odiava o sítio. Tinha nojinho do barro e da lama, de carregar a lavagem pros porcos, dos cães sarnentos, do casebre de madeira, dos pernilongões que nos devoravam à noite. Isto desde pequeno, desde muito pequeno. Eu também queria ensinar a meu filho tudo aquilo que meu pai me ensinou. Não tem nada de errado em ser um homem simples, da roça, que planta e colhe o que come, que desce sem dó o machado na nuca de um bezerro ou que mete a faca no coração de um porco vendo-o sangrar até a morte, e depois comer o chouriço feito com o mesmo sangue que você fez verter. Não tem nada de errado em acordar com o nascer do sol, meter as botinas e o chapelão, montar num cavalo e cavalgar pelo descampado. Isto é vida, isto é como todos os homens foram um dia na pré-história do mundo. Por mim, moraríamos todos no sítio, com esta existência simples e boa. Mas a mulher queria mais, queria o brilho das luzes da cidade, dizia que ali não havia oportunidades e me perguntava que tipo de futuro nossos filhos teriam naquele mato sem fim. Éramos dois jovens cheios de sonhos e projetos, acreditei nela e comprei as promessas de felicidade na selva de pedra. Mas, sempre que podia, eu retornava ao casebre no sítio, onde eu respirava ar puro, como se fosse um peixe que volta pro rio. Nunca consegui passar pro meu filho esta sensação. Para ele, o sítio era quase um castigo, um lugar ermo, sem amigos, sem conforto, com bichos imundos e mosquitos.

Ninguém é igual. Tentei me reconfortar. O mundo está mudando, os outros me diziam. Os valores estão morrendo.

"Sou o que sou", ele havia me dito, e talvez esta fosse a frase que ele estava tentando me dizer durante todos estes anos, só não sabia como, ou porque tinha medo de minha reação.

Ele era diferente de mim, sem dúvida. Mas também era diferente dos outros meninos da idade dele. Não jogava futebol, nem tinha muitos amigos. Vira e mexe, alguém o via andando com as garotinhas do bairro e um dos vizinhos me disse que meu moleque seria o maior mulherengo da paróquia. Encheu-me de orgulho isto, só de pensar que ele passaria o rodo na mulherada. Pois macho que é macho é assim, tem mulher, uma chinoca e ainda vai ao puteiro se sobrar energia. Inclusive, foi num puteiro que perdi meu cabaço, e pra onde levei meu menino quando ele completou doze anos, para iniciá-lo neste mistério da vida. Não deu certo, ele refugou e saiu chorando do quarto, cinto desafivelado e limpando as lágrimas nas mangas da camisa.

Que isso, ter medo de mulher, moleque? Perguntei a ele.

Não é assim que eu imaginava. Ele me disse.

Nunca é. Eu ri. Nunca é.

Mas o tempo haveria de resolver isto e eu estava certo que logo ele arranjaria alguma namoradinha, ou cataria alguma caboclinha do sítio e a levaria pra trás das jabuticabeiras e mandaria ver, honrando as bolas no meio das pernas. Pois a natureza é sábia e segue seu curso. Se não é hoje, será amanhã.

No entanto, não houve nenhuma namorada, nem caboclinhas. Meu menino era tranquilão demais, passava mais tempo brincando com a irmã do que qualquer outra coisa. Vez em quando, eu o via com uma das bonecas dela no colo, usando pulseiras dela e até seus vestidos, mas minha mulher me convencia. Ele só está fazendo companhia pra irmã, não tem maldade alguma nisso. E ele continuava crescendo quase sem amigos, isolado num mundinho só dele, apanhando dos coleguinhas na escola.

Nós nos afastamos quando ele entrou naquela idade da rebeldia, quando tudo é culpa dos pais. Eu era o bronco, o bruto, o jumento ignorante. E eu descia o cacete naquele garoto, metendo-lhe cintadas no lombo e deixando-o de castigo por dias a fio trancado no quarto. Você vai aprender a me respeitar! Eu dizia. Sou seu pai, ingrato desgraçado! A esposa tentava intervir, apaziguar os ânimos, mas nosso lar havia se tornado um campo de batalha.

Deixe estar. Um amigo me disse. Esta geração de hoje está perdida. Seu menino vai quebrar a cara na vida, depois reconhecerá o valor do pai que tem. Esta fase passa. Eu lhe garanto.

Então tentei me tornar um pai moderno, que não se preocupa com o que os filhos fazem na rua até altas horas da noite. À mesa da cozinha, eu ficava desperto até três ou quatro da madrugada, somente esperando o som da chave na fechadura, para assim correr de mansinho ao meu quarto, reconfortado porque meu filho havia retornado bem pra casa. Ele bebia e fumava escondido, eu tinha certeza. A cidade o estava destruindo.

Você sabe o que seu filho anda aprontado por aí? Um conhecido me perguntou, um dia. Estão falando que ele é uma bichinha.

Como assim? Perguntei, com o sangue me subindo à cabeça.

Parece que metade dos garotos da vizinhança já comeu o cu dele.

Aquela frase vinda assim, sem aviso, com uma crueza insensível, tirou-me do sério. Enfiei a mão nas fuças deste fulano, lançando um dos dentes dele pra bem longe. Tem de ter coragem de vir aqui chamar o meu filho de viado! Eu gritei, enquanto outros me seguraram e apartaram a briga. Mas a revelação bateu forte. Todo pai é cego, ou, melhor, todo pai prefere não enxergar. Sempre soubemos que ele era meio diferente, lia poesia e estava sempre choramingando pelos cantos. É melhor fingir que não está vendo, pois nada o prepara para isto.

Você tem alguma coisa pra me contar? Perguntei a meu filho, num domingo.

Notei que havia uma profunda tristeza nos olhos dele, mas, mesmo assim, ele respondeu que não havia nada. Está tudo bem, pai.

Tem certeza disto? Insisti.

Pô, não enche! E ele fechou a porta do quarto na minha cara.

Foi naquela tarde que armei a primeira arapuca para desmascará-lo. Planejei uma viagem ao sítio pro final de semana seguinte.

Não vou. Disse meu filho.

Vai sim. Toda sua família vai, por que eu deixaria você aqui sozinho?

Só se me levar amarrado. Ele me desafiou.

Uma vez mais, a mulher quis ser a voz da razão. Se ele não quer ir, deixe-o aqui. O que de ruim pode acontecer?

Concordei, fingindo contrariedade.

Ajeitamos a caminhonete com as malas e partimos na sexta à noite. Meu filho ficava a sós em casa. Existe um ditado mais ou menos assim: "quando o gato sai, os ratos fazem a festa". Foi chegar ao sítio, deixar a mulher e a menina, que entrei de volta no carro.

Aonde você vai? A mulher perguntou.

Não se preocupe... Já volto. E dirigi como um louco pra cidade. Agora eu descobriria a verdade. Agora era a hora de o gato descobrir o que o rato fazia.

As luzes de casa estavam acessas e já da calçada eu ouvia a música alta. Entrei. Na sala, garrafas de cerveja, fumaça e roupas jogadas no carpete. Fui direto pro quarto do garoto e escancarei a porta.

Nenhuma desconfiança se equipara à cena de encontrar seu filho pelado na cama com outro homem. Isto é contra a natureza, contra a Bíblia, contra a sociedade, pensei. Seus vermes nojentos! Berrei, enquanto investia contra os dois. Expulsei a pontapés o namoradinho do meu filho, jogando-o para fora de casa sem uma única peça de roupa no corpo. Depois, retornei para dar em meu filho uma surra como nunca antes, nem depois.

De agora em diante, moleque, você vai me obedecer. São as minhas regras, ou a rua. Ou você para com esta bichice, ou mato você! Entendeu?

Ele tinha apenas dezesseis anos e, aterrorizado diante da minha fúria, concordou com tudo. Não contamos nada pra mãe dele, nem pra ninguém.

Aquela cena horrorosa, do meu filho nu na cama com outro, jamais deixava a minha mente e nos afastou ainda mais. Eu não conseguia nem falar mais com ele, juro que preferia que, naquela noite, ele houvesse partido por conta própria para viver sua vida de imoralidade. Pois todas as vezes que ele saía de casa para ir ao colégio ou encontrar amigos, eu pensava que ele poderia estar aprontando alguma, e não dava para conviver com esta desconfiança perpétua, principalmente quando outras pessoas vinham espalhar mais boatos que meu filho era um maricas.

Ninguém quer ser pai do viadinho da cidade. Eu não queria esta reputação.

Então, numa tarde, enquanto eu e ele assistíamos TV, observei cuidadosamente meu filho. Ele não mudaria, não viraria homem de verdade do dia pra noite. Eu tinha duas escolhas diante de mim: aceitá-lo tal qual, e toda a família sofrer as consequências disto, ou pôr um ponto-final naquela história.

Ponha seu casaco e venha comigo. Eu disse.

Pra onde? Ele me perguntou.

Cale a boca e me obedeça! Ordenei, e ele me seguiu. Entramos na caminhonete e pegamos a estrada.

Pra onde estamos indo? Ele me perguntava, mas eu não conseguia responder.

Estava anoitecendo quando chegamos ao sítio.

Espere por mim aqui fora. Ordenei.

Entrei no casebre, apanhei um lampião e minha espingarda. Acredito que meu filho já soubesse qual seria o destino dele quando me viu retornando com a arma. Ele empalideceu, erguendo as mãos unidas como se rezasse, mas não deu um pio sequer.

Vai, anda! Eu disse.

Pra onde? Ele gaguejou.

Por aquela trilha ali.

Fazia frio e eu tremia um pouco. Meu garoto caminhava na frente, tropeçando nos galhos e raízes do caminho. Depois de uns bons vinte minutos na mata, mandei que ele parasse.

Ajoelhe! E ele me obedeceu, com uma passividade assustadora.

Pendurei o lampião numa árvore e me aproximei do meu filho, encostando o cano da espingarda na nuca dele.

Juro que queria que tudo fosse diferente. Resmunguei.

Sou o que sou, pai. Esta foi sua única frase. Meu filho não suplicou pela própria vida, não me pediu perdão, não argumentou, não falou mais nada, somente isto.

Durante vinte anos, não deixei de pensar em meu filho um instante sequer. A culpa consome. A culpa nos exaure.

Numa certa noite, minha esposa sentou-se diante de mim e, bastante séria, disse-me.

Tenho algo muito importante para lhe contar. Sei tudo que você fez. Dói muito pensar que você me privou do meu menino. Dói muito. Porém, faz um tempo que ele me procurou e temos nos encontrado.

O nosso filho? Eu me levantei, com os olhos arregalados. Você tem visto o nosso filho?

Ela o trouxe para me visitar alguns dias depois. Havia se tornado uma mulher sem tirar nem pôr, cabelos compridos loiros, cílios enormes, batom, maquiagem, vestido justo e peitos. Era casado com um italiano e vieram num carro importado.

Meu filho entrou e me abraçou.

Você me disse para ir embora e ficar longe. Para nunca mais voltar. Só que não consegui ficar distante. Só queria ser amada pelo que sou.

Foi no instante em que vi meu filho travestido de mulher, sentado na sala ao lado do marido, e não me importei, que percebi como eu havia me transformado. Quisera ter sido antes o mesmo homem que sou hoje. Teria nos poupado de tanto sofrimento, de tanta mágoa.

Antes de partir, ao embarcar no carro, meu filho me abraçou e sussurrou no meu ouvido.

Sou o que sou, pai. E me lançou um sorriso, mesmo que a tristeza profunda ainda existisse em seu olhar.

Perúgia
27/10/12

A Metamorfose

Certa manhã, após sonhos inquietantes, Luís de Almeida Neto despertou metamorfoseado num repugnante trabalhador braçal. Ao seu lado na cama não havia nenhuma modelo capa da última edição da Vogue, nenhuma ex-coelhinha da Playboy, mas sim Jurema, uma mulata descabelada que o chacoalhava com desprezo e, talvez, até com um pouco de ódio.

Não acredito que você vai se atrasar de novo pro trabalho, Claudomir! Andou bebendo de novo, seu desgraçado? Se você for despedido mais uma vez, juro que vou me embora. Juro por Deus.

Luís, agora conhecido como Claudomir, se levantou e cambaleou até a cozinha, ainda se adaptando àquele novo corpo bronzeado e àquelas mãos grossas e calejadas.

Não tinha café na cama trazido por uma empregada. Era café preto e pão com margarina, sempre sob o olhar severo de Jurema.

Seu bêbado desgramado... Ela sibilava.

Na porta do casebre, não havia nenhum Aston Martin, mas sim um esgoto à céu aberto. Pelo que Jurema lhe dissera, ainda tinha de pegar três conduções e o sol começava a despontar no horizonte.

Projetou-se para o interior do ônibus lotado, todos espremidos, coagidos a enfrentar o sovaco alheio. Roubaram os dez reais que Claudomir tinha no bolso, mas pelo menos deixaram os documentos.

No canteiro de obras, todo estabanado, Claudomir levou uma comida de rabo atrás da outra do mestre-de-obras.

O que que tá acontecendo contigo hoje, homem? Tá parecendo uma dondoca carregando estes sacos de cimento. Vai lá, cabra, apure nisto aí.

E Luís, agora chamado de Claudomir, trabalhou duro como nunca antes na vida. Queria chorar. Queria ligar para o pai que agora devia estar nas Bahamas em seu veleiro. Mas Claudomir não tinha papaizinho milionário, o dele tinha sido morto numa troca de tiro entre polícia e traficantes, evento que até foi noticiado nos jornais.

Na hora do almoço, sentou para comer sua marmita e lhe bateu uma profunda tristeza.

Tá de bode, é? Um dos colegas de trabalho perguntou.

Você já sentiu como se estivesse vivendo a vida errada, como se fosse outra pessoa e estivesse dentro de um corpo que não é seu? Claudomir tentou expressar a estranha experiência, mas as frases lhe saíram entrecortadas e confusas.

Todos os dias. Na verdade, sou o Brad Pitt, mas nasci no lugar errado. O colega riu. Porra, Claudomir, cala esta tua boca e come! Desde quando você deu para filosofar?

E a tristeza foi se aprofundando ao longo dia, até um ponto insuportável. Claudomir se sentia pequeno, insignificante e vazio.

A primeira coisa que fez ao sair do serviço foi passar no boteco e beber com os amigos. Chegou tarde da noite em casa e Jurema o recebeu com aquela cara de cu.

O que foi, porra? Um homem não pode ter um pouco de alegria nesta vida de merda? Ele gritou.

Cê não muda nada mesmo. Um dia, me perde e verá falta que faço.

E assim se transcorreu um mês. Claudomir acordando cedo, pão com margarina, três conduções, trabalho duro na obra, marmita, aguardente e as brigas, algumas violentas, com Jurema.

Então, algo mudou dentro de Claudomir, talvez a constatação do inexorável destino que havia recaído sobre si. Ele jamais voltaria a ser Luís de Almeida Neto, aquela era uma página virada em sua vida, talvez fosse até um devaneio, talvez nunca houvesse sido outra pessoa de fato, mas sim e sempre Claudomir Silva, aquele pobre diabo sem futuro. E esta dura constatação foi libertadora. Se ele era aquilo e não havia solução, por que se entristecer?

Assim, aos poucos, Claudomir foi se tornando cada vez mais Claudomir, e a memória de Luís de Almeida Neto foi desvanecendo, até sumir por completo. A metamorfose havia sido integralmente internalizada.

Então, numa noite de sexta-feira, Claudomir chegou à casa com um ramalhete de flores.

São pra você, Jurema. Tinha uma coisa errada comigo aqui dentro. Algum demônio tentando me convencer que isto aqui não era real. Mas ele se foi...

Eles se amaram naquela noite como há muito não faziam.

Então, por um instante, Claudomir se deu conta de que, bem no fundinho, ele era feliz. Uma felicidade oprimida e tímida, que surgia pelas brechas do sofrimento, mas felicidade mesmo assim.

Felicidade apesar de.

2016

Seu Tomás vai ao parque

Me disseram que o contato com a natureza alivia o estresse. Porra, pai, você anda muito tenso. Tá precisando relaxar um pouco. Vai tomar um pouco de ar puro. Foi exatamente o que me disseram. Odeio natureza e odeio ar puro. O meu negócio mesmo é concreto e ar poluído. Esta foi a desculpa que inventei para mim mesmo há pelo menos uns vinte anos pra aguentar esta bosta de vida na cidade grande. A gente inventa muitas desculpas pra tocar em frente o suplício que chamamos de vida. Eu mesmo já inventei uma porção delas. Foi assim que suportei por tanto tempo um casamento infeliz, um emprego tedioso e até um pouco degradante na repartição, aquele cachorro infernal que não para de latir no quintal, a assinatura do jornal que sempre me esqueço de cancelar e que só fingia ler para dar uma de bem informado mas que agora só serve para forrar o mijo do cachorro infernal latindo no quintal, ou seja, todas aquelas coisas que vão nos definindo, que não gostamos, mas das quais temos uma tremenda dificuldade de nos libertar.

Então peguei um sábado e fui ao parque mais perto de casa. Me sentei num banco e apalpei os bolsos do casaco procurando um cigarro. Acabaram. Fazia um frio da porra e uma criança feia não parava de me fitar.

Tá olhando o quê, sua diaba? Pensei, mas obviamente não disse.

As árvores balançavam ao vento e tinha uma meia dúzia de patos no laguinho. Estava nublado.

O contato com a natureza alivia o estresse, foi o que me disseram. Fazia um frio desgraçado e os cigarros haviam acabado. Era apenas isto que eu sabia.

Alhama de Murcia
outubro de 2017

Cai o avião

Era o primeiro voo da vida da Dona Elvira. Ela que sempre teve medo de avião. Mas agora era questão de vida e morte, ou melhor, só de morte, pois havia morrido seu irmão que não via há mais de quinze anos. Ia ao velório.

Assim que o avião decolou, já indicou problemas. As luzes de emergência se acenderam, as máscaras de oxigênio despencaram sobre a cabeça de Dona Elvira e a turbulência chacoalhava tudo com a violência de um terremoto.

Há um silêncio sepulcral nestas horas. Ninguém grita. Ninguém se move. Ninguém sequer pisca. Estática, paralisada, Dona Elvira quis rezar, mas nem do Pai-Nosso se recordava.

Com o canto de olho, observou o passageiro ao lado que tentava ler um jornal. De uma impassibilidade legendária. Do tipo que, numa missão kamikaze, poderia arremessar um Zero contra um torpedeiro americano.

Não quero morrer. Disse Dona Elvira, segurando na mão daquele homem corajoso, muito mais jovem do que ela.

Quem quer? Ele perguntou.

Mas não tem medo? Todo este trem balangando prum lado e pro outro e nós aqui vendo a morte nos zóio.

Não se preocupe. Não vai acontecer nada. O problema é a rota. Faz muito vento neste trecho. Muita tempestade. Venho e volto neste voo toda semana. No começo, é de arrepiar, mas depois se habitua.

É sempre assim? Perguntou Dona Elvira, sem conseguir relaxar.

Tem dias piores que outros. Hoje está tremendo bastante.

Então, sem mais nem menos, a turbulência parou. O sinal de atar cintos se apagou e as comissárias voltaram a desfilar de um lado ao outro.

Passou? Ela perguntou o homem.

Sim, passou.

Ufa, que alívio. E ela limpou o suor que lhe escorria pelas têmporas. Sabe de uma coisa?

Não, não sei.

Na volta, venho de ônibus.

Logo após o enterro do irmão, Dona Elvira apanhou um ônibus de volta pra casa. Chocou-se de frente com um caminhão. Todos os passageiros morreram, mas o caminhoneiro saiu ileso.

Já o homem do avião continua fazendo todas as semanas aquela rota. Às vezes, sabe-se lá por que, vêm-lhe à mente aquela senhora que tanto temia a morte. Então ele gargalha sozinho com o jornal aberto no colo.

Alicante
outubro de 2017

A Ceia dos Solitários

O primeiro Natal sozinho. Na memória, as festas de infância com toda a família reunida. Peru. Árvore com luzes e bolas coloridas. O tio fanfarrão fantasiado de Papai Noel, provavelmente bebadaço. A primaiada correndo de um lado ao outro, e um que sempre acabava na reta da varinha de marmelo da vó.

Mas hoje é Natal. O nascimento de Jesus. Alguém dizia, mas nem isto servia para poupar das lambadas. Há quanto tempo isto? Dez, quinze anos atrás.

O primeiro Natal sozinho. Papai já havia morrido há muito. Mamãe, ano passado. Já morava fora e não fui ao velório. Minha irmã nunca me perdoou. Até hoje não nos falamos.

O primeiro Natal sozinho. Está nevando lá fora de novo. Dizem que este inverno será particularmente rigoroso, com mais nevascas previstas para janeiro.

Cidade de merda. Murmuro em pensamentos vendo os flocos brancos deslizando lentamente até a rua lá embaixo.

Pensei em voltar este ano, mas para quê? Os que não estavam mortos, já haviam morrido por dentro. Os primos todos espalhados pelo país, cada um em seus cantos, com suas respectivas famílias. Seria um Natal tão triste lá quanto aqui.

Natal branco, como nos filmes, mas ninguém conta sobre a tristeza que dá ao mergulhar na escuridão e no frio. Natal branco é morte, e muitos se suicidam às vésperas do Natal.

Nasce o menino-Jesus, outros cortam os pulsos no chuveiro.

Não vou ficar aqui pensando em tais coisas. Hoje não. Porque não.

Visto meu casaco e saio porta afora, correndo escada abaixo e encarando o vento gélido e atolando os pés em trinta centímetros de neve.

Há um bar a três quadras de casa. É pra lá que vou. Uma meia dúzia de gatos pingados se perde na meia luz, alguns sozinhos nas mesas, outros sozinhos no balcão. O que nos une é a solidão.

Peço uma Lager e o bartender logo enche o caneco. Dou um gole e, quando pouso a bebida no balcão, meu olhar encontra o dela do outro lado.

Uma alemã típica, meio corpulenta, loura e rugas ao redor dos olhos azuis. Tem uns vinte anos a mais do que eu, calculo. Não faz bem o meu tipo, mas, mesmo assim, sorrio pra ela.

Sem hesitar, ela se levanta e senta-se ao meu lado, mas, por vários minutos, não diz nada. Nem eu, sem reação, um pouco intimidado, confesso.

Este será o meu último Natal. Ela diz, por fim. O último.

Permanecemos quietos, eu com o "*Warum?*" entalado nas entranhas.

Me deram mais três meses apenas. Depois, acabou. Ela disse.

Era tão nova. Fitei-a com cuidado agora, quase descaradamente.

Sei o que você está pensando... Câncer. E ela deslizou a mão por sobre o seio. Assim como a minha mãe. Ela disse.

Sinto muito. Respondi. Sinto muito...

Obrigada. Ela disse, repousando a mão dela sobre a minha.

Estremeci. Ela não fazia o meu tipo, e reconheço que tive um pouco de medo, como se a morte estivesse pairando sobre nós dois naquele momento.

Quer vir para a minha casa? Perguntei, num impulso, sem nem bem entender por quê. Tinha pena, sem dúvida alguma, mas não havia sido apenas isto.

E ela veio.

Não tenho nada para preparar para nós. Eu disse, abrindo os armários da cozinha.

Qualquer coisa está bom. Ela respondeu, sentada no sofá da sala. Só não queria ficar só. Esta é uma época muito triste, mas é muito pior quando não temos mais ninguém. Onde está sua família?

No Brasil. Eu disse. Mas não quero falar sobre isto.

Preparei umas salsichas e um espaguete. Comemos em silêncio, escutando o ruído delicado da neve na vidraça e os sons das bocas mastigando.

Por que me trouxe pra cá? Ela perguntou.

Não sei. Acho que também não queria estar só esta noite.

Vai dormir comigo? Ela perguntou, e me desarmou.

Se quiser... Respondi.

Não quero. Não como um homem e uma mulher, pelo menos, mas como pessoas, como os seres humanos que somos. Você podia simplesmente se deitar comigo e me abraçar bem forte e sussurrar no meu ouvido que tudo ficará bem, que eu não sofrerei, que o fim será plácido como um pôr do sol, então eu adormecerei e este terá sido um bom dia; um dia a menos, um dia mais próximo do fim, menos um dentre os noventa dias que me restam. Faria isto por mim?

Eu a puxei pela mão até o meu quarto, sempre muito bagunçado, com livros, meias e cuecas no chão; sem ordem nem propósito como a vida.

Você é apenas um rapaz... Ela disse. Ainda verá e viverá muitas coisas estranhas. Esta noite terá sido apenas uma delas.

Nós nos deitamos um do lado do outro e eu a abracei por trás. Ela puxou a minha mão para o seio dela – o do câncer, suponho – e ficamos assim por sabe-se lá quanto tempo.

Ela adormeceu, então me levantei e fui para a sala levemente iluminada pelas luzes de fora que atravessavam a vidraça.

Ainda nevava. Não estava mais sozinho. No quarto, dormia uma mulher cujo nem o nome eu sabia. Ela morreria em breve. Eu morrerei um dia. Tudo vai ficar bem. Sussurrei. Tudo vai ficar bem.

Alcalá de Henares
Dezembro de 2016

Tragédias

Amor maldito

Cristóvão abriu o portãozinho dianteiro e entrou. Abriu a porta de casa e entrou. Abriu a porta do quarto e entrou. Estela, sentada na cama com os olhos arregalados e as mãos unidas frente ao peito, deu um berro.

Você está de volta.

Sim, ele estava de volta. Bruxaria. Macumba, se preferirem. Coisa do capeta.

Ele era um safado desgramado que durante todo o casamento (e até antes, pra ser sincero, mas ela não sabia) havia corneado Estela até dizer chega. Não havia mulher na vizinhança com quem Cristóvão não houvesse se achegado ou dado em cima. Ele batia em Estela quando bebia; e batia nela sóbrio também, mas só de vez em quando.

Quando vivo, tudo que Estela queria era que este filho de uma égua batesse as botas.

Deus há de me livrar deste demônio sem coração. Ela rezava ajoelhada diante da imagem da Nossa Senhora.

Então, Deus ouviu as preces dela e Cristóvão encontrou o fim do dia pra noite. Pá, e caiu morto no meio da cozinha de casa na hora do café da manhã.

Estela se viu livre do homem que fazia da sua vida um inferno. Nos dias seguintes, decidiu trajar um vestidinho curto que exibia as coxas e desfilava toda faceira pelo bairro. Se o Cristóvão a visse assim toda-toda, nossa, nem quero pensar no que lhe faria.

Pois bem, passou dia, passou semana, passou mês. E foi batendo uma tristeza doída no peito de Estela. O desgraçado fazia falta. Era um homem bruto e burro, mas era o seu homem. O cartaz colado no poste era um convite. TRAGO A PESSOA AMADA EM SETE DIAS.

Aí está. Disse Estela, que bateu à porta da bruxa.

Mas não posso trazer homem morto de volta. Ela disse. Só trago gente viva.

Então é propaganda enganosa. Estela se levantou e deu um murro na mesa. Vou te queimar com as minhas conhecidas.

Olha, minha filha, isto é magia das mais negras. Não é o tipo de coisa com que se brinca. Se eu fizer isto pra você, tem que jurar que não dirá que fui eu quem fez.

Juro. Disse Estela, e a bruxa operou o ritual.

Sete dias depois, Cristóvão abria o portãozinho, a porta de casa e a porta do quarto.

Que alegria era a da Estela, com o coração pulando no peito com violência. Seu homem havia voltado.

Só que a primeira coisa que Cristóvão fez foi meter-lhe um tabefe nas fuças.

Eu estava te vendo, sua rapariga, mostrando estas coxas por aí e rebolando pelas quebradas. Eu estava te vendo e te seguindo. Fui eu quem sussurrou no teu ouvido diante daquele cartaz. Fui eu quem te lançou esta ideia de me trazer de volta. Porque você é minha e sempre será.

O que dizem por aí é que Estela se matou por tristeza, que não aguentou a saudade, que não conseguia viver sozinha. Mas tem gente que insiste que viu o vulto saindo de madrugada, e andam dizendo que tinha sangue lhe escorrendo das mãos.

Já a bruxa, faz tempo que não atende mais o telefone. Parece que se mudou pra Bahia.

Perpignan
14/01/2017

A Mulher do Alfaiate

Inspirado na pintura La costurera de Diego Velásquez

Armando se abaixou para pegar as chaves e *creeeec*, as calças se rasgaram de cima a baixo bem nos fundilhos. Naquela hora, ele amaldiçoou o fato de não ter cumprido a promessa de ir à academia para perder os quilos que ganhou depois de se casar. Algumas pessoas o olhavam, certamente avistavam a cueca azul através do rasgo.

Ele retirou o paletó e, segurando as mãos atrás das costas, tentou disfarçar. Embrenhou-se por algumas ruas menos movimentadas e se perdeu numa parte daquela vizinhança que desconhecia. Muitas casinhas residenciais, com muros baixos e cachorros bravos tentando atacar pelos vãos dos portões. Ele avistou o cartaz dependurado na fachada de uma delas:

Alfaiate
Ternos sob medida
Fazemos pequenos reparos

Como não havia campainha, Armando bateu três palmas:
— Ô, de casa!

Por entre as cortinas na janela, uma mulher fez um sinal para que ele entrasse.

Ele a encontrou costurando um vestido.

— O senhor pode aguardar um pouco? O meu marido já volta — o alfaiate ia pelas manhãs ao Centro para comprar material.

— Desculpa, mas tenho um pouco de pressa, estava a caminho do trabalho quando... — Armando se virou, mostrando o rasgo nas calças.

Ela riu, mas logo tapou a boca com as mãos.

— Vai, pode rir! Eu também estaria rindo se não fosse comigo — e ele tentou dar uma gargalhada, mas soou tão artificial que pensou que até poderia tê-la ofendido.

— Nisto eu posso dar um jeito, é só tirar as calças que resolvo num minuto.

Ele procurou por um provador, ou um banheiro, mas ali só havia cadeiras, uma mesa, a máquina de costura, linhas, alfinetes e outros instrumentos de alfaiataria.

— Não precisa ter vergonha, tire as calças.

Se estivesse diante do marido, o alfaiate, não seria tão embaraçante. Apenas três mulheres haviam visto Armando de cuecas: a mãe, a primeira namorada com quem ele perdeu a virgindade e a esposa. Se você já esteve na mesma situação que ele, tendo de tirar as calças diante de uma mulher totalmente desconhecida, deve entender como ele se sentiu. Armando virou-se de costas para ela, desafivelou o cinto e desceu as calças. Pelo reflexo da janela, percebeu que a costureira o examinava. Muito constrangedor!

Sem se virar, ele estendeu as calças para ela.

— Agora, sente-se aí enquanto eu faço o reparo — e Armando obedeceu, cruzando as pernas como uma moça, para não exibir suas partes.

Lentamente, a costureira passou a linha na agulha e começou a coser. As mãos eram delicadas e brancas, o olhar sempre fixo no trabalho, a respiração suave. A vergonha de Armando começava a passar e, pela primeira vez, ele reparou como a costureira era bonita. Sua blusa tinha um decote grande e ele podia ver as alças do sutiã e uma medalhinha da Nossa Senhora sobre o seu colo. Uma recordação de infância: de sua mãe sentada na sala, diante da TV, costurando as suas meias; uma memória tão singela que Armando quase se levantou para abraçar a costureira. Dois anos que sua mãe morrera. Mas logo lhe ocorreu outra cena: ele enfiando a mão dentro daquela blusa, puxando os seios para fora e beijando-os, chupando-os, podia até escutar os arfar de excitação da costureira enquanto a outra mão buscava espaço por dentro da saia, pelo meio das pernas, puxando a calcinha para o lado e penetrando-a lentamente. Ela gemia, gemia, gemia, e Armando teve uma ereção.

— Pronto! — ela disse, entregando-lhe as calças, mas Armando não queria, não podia se levantar — Aqui está.

Ainda sentado, ele a pegou, e dirigiu-lhe os olhos desesperados.

— Não vai prová-la? Ou vai embora apenas de cuecas? — ela riu.

Sem mais opções, Armando se ergueu e a costureira pode ver o que ele ocultava. Ela recuou, assustada, como se visse uma surucucu ou uma jararaca no mato. Depois se virou, fingindo que arrumava a mesa.

Ele não disse nada, apenas se vestiu, deixou o dinheiro na cadeira e sumiu. Acredito que ele até corria, de tanto constrangimento.

No entanto, mais tarde, na hora de dormir, Armando voltou a pensar na costureira, no colo branco, nos seios dela, em seus dedos penetrando-a, em como ele a segurava nos braços, levava-a para um quartinho nos fundos daquela casa, e transavam como cães, de quatro, ele puxando-lhe os cabelos enquanto ela encarava-o com o canto dos olhos e lambia os lábios. A esposa de Armando dormia ao seu lado, quase uma estranha para ele nestes últimos anos, com quem não conseguia conversar, sem sexo há mais de três meses. Ele até tentou despertá-la, roçando o pau duro contra ela, mas a esposa lhe pediu para deixá-la em paz, até mandou que ele se fodesse por tê-la acordado.

Quando Armando apareceu novamente, na manhã seguinte, a costureira não acreditou. A caminho do trabalho, ele se debateu contra esta ideia, chegou a ensaiar a entrada no elevador da firma umas cinco vezes, mas, por fim, retornou àquela região do bairro, à procura da casa do alfaiate. Ele rasgou uma das mangas de sua camisa, como pretexto.

— Você não vai acreditar, mas tive outro probleminha hoje — ele resmungou, bastante desconcertado. Armando mostrou-lhe a manga de camisa rasgada.

— Não prefere esperar pelo meu marido? — ela disse. A presença de Armando a perturbava.

— Não tenho tempo. Tenho de ir ao trabalho — e ele começou a tirar a camisa. A respiração dela se acelerou. Ela mexeu nos cabelos e evitava fitá-lo. Armando se aproximou e segurou suas mãos.

— Você é um anjo, sabia? — mas ela não respondeu.

Ele chegou mais perto e sussurrou no ouvido dela.

— Pensei a noite toda em você. Acho que estou enlouquecendo — e beijou pescoço dela e mordiscou a orelha. A costureira estremeceu.

— Meu marido... Meu marido... — ela balbuciava, enquanto enlaçava Armando num abraço.

Eles se beijaram e aquilo que Armando tanto imaginara nas últimas horas se tornava realidade, no entanto, todo o tempo, mesmo enquanto ele a penetrava de pé num canto da lavanderia, ela gemia.

— Meu marido... Ai, meu Deus, o meu marido!

Assim, todas as manhãs, antes de ir ao escritório, Armando passava na casa do alfaiate para transar com a esposa dele.

— Vamos fugir — um dia a costureira sugeriu — Vou largar meu marido, você deixa sua mulher e vamos ser felizes juntos.

— Jamais daria certo — ele respondeu, contrariado — Somos tão diferentes. E você não é como minha mulher...

— Como assim?

— Não sei explicar... Você é apenas uma costureira — Armando disse e, na mesma hora, se arrependeu.

— Apenas uma costureira? O que você quer insinuar com isto?

— Não foi o que quis dizer...

— Acha que não sou boa o suficiente para ser sua mulher? Sou apenas uma coisa na qual você mete este seu pinto mole? — e ela apanhou uma tesoura de costura, daquelas grandes, pretas, de ferro, e apontou para Armando — Não sou mulher pra você?

O alfaiate encontrou a esposa morta num canto do quarto, toda ensanguentada, os pulsos cortados. Nas mãos, apertando com uma força imensa, a grande tesoura de costura e uma recordação de Armando, que, naquele mesmo instante, chegava mutilado ao Pronto Socorro.

— Foi a costureira! — ele berrava — Queria apenas que ela costurasse as minhas calças... As minhas calças!

Buenos Aires
03/08/2011

A Saia de Maria Rita

Na mesa de Jürgen havia uma foto dele em Porto de Galinhas. Mais novo. Só dezoito aninhos então e uma porção de sonhos naquela mochila que carregou por todo o país.

Ficou fascinado, aprendeu a arranhar o violão e prometeu: um dia volto e abro uma pousada.

O que não aconteceu, evidentemente. Acabou a faculdade, foi contratado pela Siemens e a memória do Brasil ficou resguardada apenas nas fotografias e nas melodias que tirava no violão.

Isto até um colega o convidar para uma festa num galpão escondido em Kreuzberg.

Vai estar cheio de mulatas. Ele havia dito.

Como você sabe? Jürgen perguntou.

Mas é evidente. Uma festa de brasileiros.

Fato: tinha algumas mulatas, a maioria já casada com alemães. Haviam se conhecido no Brasil e eles as trouxeram para cá. Algumas deviam ser putas, sem sombra de dúvida. Não que Jürgen tivesse algum problema com isto. Havia se divertido pra caralho com os amigos da última vez que estiveram em Amsterdã. Havia conhecido algumas putas brasileiras lá também.

Os branquelos dançavam, sempre desengonçados, com as mulatas. Samba. Pagode. Funk. Cerveja alemã e caipirinha.

No meio da roda, dançava Maria Rita, girando como um pião, segurando com uma das mãos a barra da sua saia comprida.

Era a alma da festa. Solteira, nenhum alemão a tiracolo. Não tinha cara de puta. Pelo contrário, era trabalhadeira, acordando às cinco da manhã todos os dias. Camareira num hotel bacana. Para a grã-finada da Europa. De primeiros-ministros a presidentes.

Viste, era o Hollande? Uma colega portuguesa a cutucou enquanto passavam o aspirador no carpete daquele corredor interminável.

Quem? Maria Rita apertou a vista. Era meio míope, mas bem pouco.

O presidente da França!

Ah. Não conhecia.

Queria ter visto o Lula ou a Dilma, os que tiraram da miséria milhões de pessoas. Que lhe importava o presidente da França, que não lhe havia feito nada? Aliás, detestava franceses, com aquela sovaqueira da porra.

O olhar de Jürgen, quarenta anos e engenheiro da Siemens, se encontrou com o de Maria Rita, vinte e dois anos e camareira.

Ela procurava um alemão pamonha para chamar de seu (problemas de imigração, sabe como é?), e ele por uma mulata brasileira para chamar de sua (as alemãs são todas umas frígidas).

Se você acreditar em destino, dirá que foi isto. Prefiro pensar que foi um encontro de interesses.

Não transaram na primeira noite, pois Maria Rita era uma mulher que se dava o respeito, mas também porque Jürgen era meio lentão; talvez optasse por se chamar de um "homem respeitador".

Ela se mudou para a casa dele algumas semanas depois. Não havia sido convidada, simplesmente veio, mas Jürgen não se opôs. Mulher ordeira e carinhosa. Estavam felizes.

Queria que conhecesse meus pais. Maria Rita jogou a ideia uma noite, antes de irem dormir.

Jürgen varou a madrugada se revirando na cama. Ansiedade. Era um pedido sério, de compromisso, mas também tinha a empolgação de voltar para aquele lugar maravilhoso, uma explosão de vida e cores. O paraíso na terra.

Saíram da escuridão e da neve berlinense para o tórrido verão carioca.

Você se lembrou de passar filtro solar? Maria Rita perguntou a Jürgen.

É claro. Ele resmungou, mas mentia. Havia se esquecido e, no final do dia, já estava ardido e vermelho como um pimentão.

A família de Maria Rita o saudou como a um filho, beijando e abraçando, com seus corpos suados e grudentos. Feijoada, churrasco e futebol na TV.

E assim se passaram os primeiros dias.

Então, Maria Rita ficou calada e pensativa, sem aquela energia vital e contagiante tão característica dela.

O que foi? Alguma coisa errada? Jürgen perguntou.

Nada. Só bateu uma tristeza.

E ele entendia bem esta melancolia dela, também sentiria falta desta terra maravilhosa quando houvessem de partir de novo para a pátria fria e opaca onde nascera.

Mas não era isto que afligia Maria Rita. Antes fosse.

Numa noite, quando Jürgen e Maria Rita subiam o morro de braços dados após um lindo passeio por Copacabana, um grupo de rapazes os cercou numa quebrada, todos moleques de quinze ou dezesseis anos, alguns armados com pistolas e outros com fuzis.

Então apareceu o Zoião e agarrou Maria Rita pelos cabelos, enquanto os demais meteram uns chutes no cu do branquelo.

Voltou é, vagabunda? Que coragem, heim!

Deixa a gente em paz. Ela disse, chorando.

Nada disso, mulé. Cê tá pensando o quê? Aqui quem manda sou eu, porra, aqui eu sou a lei.

Maria Rita e Zoião haviam sido namorados alguns anos antes, mas quebravam demais o pau. Ele batia nela, e tudo o mais. Maria Rita fugiu (ou foi afugentada) para a Alemanha, enquanto Zoião cresceu e apareceu e se tornou o dono do morro. E ela torcendo para que ele já estivesse há muito morto, fuzilado pelo BOPE em alguma viela ou por alguma facção rival.

Este encontro só podia dar merda.

Jürgen não entendia palavra, mas não precisava ser nenhum gênio para compreender que sua vida estava por um fio. Maria Rita e Zoião gritavam. O cano do revólver em sua testa.

Vou morrer. Jürgen se recordou de sua viagem quase vinte anos antes, e de como tudo lhe pareceu incrível e deslumbrante, até mesmo as contradições e violências do país. Mas, agora, com as calças mijadas e todo trêmulo, só queria voltar para sua terra opaca.

Retirou a foto da sua escrivaninha e não tocava mais violão. De vez em quando, chorava sozinho no chuveiro sem nem saber bem por quê. Talvez fosse o medo, a proximidade da morte, a constatação de quão frágil era a sua existência, mas bem podia ser a recordação da mulata que deixou no Brasil nas mãos de um bandido assassino, que havia apostado o futuro e a felicidade dela para que ele pudesse estar ali, vivo, chorando no chuveiro. Era o sacrifício de Maria Rita que doía mais.

Era isto.

O Fundo do Poço

Você se acostuma com o cheiro de bosta.

Penso que a gente se acostuma com qualquer coisa na vida. O pobre mais desgraçado – morando no lixão, nas palafitas, sem um bocado de pão pra pôr na boca – deve se acostumar, resignar-se talvez, com a sua vida; mas o rico também. Acho que até carros importados e mansões na praia se tornam triviais com o passar do tempo.

Foi uma farra. Voltei bebadaço para casa. 'Tava puto da vida com a Ritinha, ou melhor, 'tava mesmo é puto com a minha sogra, aquela víbora que não saía da minha casa e não parava de atazanar a Ritinha. Bastava eu chegar em casa que dava de cara com a cobra, e mesmo quando ela não estava por lá, eu podia sentir o cheiro do perfume barato dela, aquele odor de velório que me dava vontade de vomitar.

Tua mãe 'teve de novo aqui?

Como 'cê sabe? A Ritinha perguntava.

Mas eu nunca respondia de tão nervoso que ficava com aquela presença invisível em minha casa.

Naquela noite, o negócio foi pior. A velha estava lá e quis jantar com a gente. Foi um inferno. Perguntou do meu emprego (ou melhor, da falta de emprego) e de dinheiro. Ela sempre queria saber de dinheiro, e se faltava comida, e se no dia em que a Ritinha engravidasse teríamos como alimentar mais uma boca. E aquele perfume peçonhento empesteando os quatro cantos da casa. Juro que até matava a véia se a Ritinha não fosse tão ligada na mãe. Ela morria junto, acho. E eu morria junto da Ritinha também. Uma catástrofe familiar.

A gota d'água foi quando ela falou que eu bebia demais, que eu era um "alcoólatra". Bati na mesa e saí gritando.

Pô, eu bebia sim, mas só nos finais de semana com os amigos. Às vezes, às sextas à noite no arrasta-pé, e nos dias de jogo do Atlético, e também quando estava meio tristonho. Mas não bebia tanto assim. Certamente não era aquilo que a minha sogra me xingava.

Fui e enchi a cara como nunca antes. A cervejinha gelada e o papo bom com os camaradas. Rimos muito e quase me mijei com uma das piadas do Jorjão, aquele figuraça.

À uma da manhã, bebadaço, fecharam a birosca e tive de voltar. Por mim, não ia. A Ritinha estava me dando uma fria ultimamente. Quase não conversávamos mais, sem amorzinho gostoso, sem as nossas peles se tocando de madrugada, segurando com gentileza os peitinhos pequenos dela e me roçando em sua bunda.

Nada, e a culpa era daquela desgramada da mãe dela.

Vim caminhando pela noite escura, só com as estrelas salpicando as trevas. O cheiro do mato e o capim alto raspando na minha perna. Aquele vidão que eu não trocaria por nada neste mundo, mesmo a Ritinha insistindo para irmos para Belo Horizonte, porque sonhava em ser secretária e ali, na roça, nunca passaria de uma dona de casa. Aquela discussão habitual que me enchia o saco (e que me fazia beber também).

Cantarolava uma canção que tinha ouvida no rádio e estava leve e até um pouco feliz, mas, um passo em falso e perdi o chão.

Não sei como sobrevivi, como não quebrei o pescoço ou como não quebrei nada no meu corpo: uma perna, umas costelas, a espinha. Caí de pé, igual um gato, e afundei na água pútrida até o pescoço.

Já tinha ouvido muitas histórias de gente que caía nestes poços e sempre foi muito motivo de piada nas rodas de cerveja.

Meu tio morreu assim. Contou uma vez o Pedrão.

Isto não tinha graça, mas quando alguém se arrebentava e era resgatado e aparecia todo enrolado em ataduras como uma múmia e com gesso e trupicando por aí, virava motivo de chacota.

Agora, quem seria razão de riso seria eu. Não me desesperei, a princípio. Tentei subir pelas paredes, mas o barro úmido se soltava em blocos entre os meus dedos e as raízes se partiam.

Socorro. Gritei. Alguém me ajude.

Mas quem passaria por aquele mato no meio da noite? Teria de esperar amanhecer e, quem sabe, encontrar alguém para me dar uma mão.

Não dormi, meio reclinado na lama da parede, com aquele fedor de bosta de vaca me nauseando. Jurei que, se Deus me resgatasse daquele poço, se alguém surgisse para me salvar, eu nunca mais brigaria com a Ritinha, que nunca mais beberia uma gota de cana, que nunca mais implicaria até com a maldita da minha sogra. Pagaria promessa indo de joelho até Aparecida do Norte. Prometi mundos e fundos. Alguém teria de ouvir as minhas preces lá em cima, Jesus, a Virgem Maria, algum santo, algum anjo, alguma entidade celestial.

O céu azul pelo círculo lá em cima. Era dia. Eu ainda estava vivo. Ainda podia ser resgatado.

Ouvi um cachorro latindo e crianças rindo e gritando.

Ajuda, por favor! Socorro! Berrei outras vezes até me esgoelar. Elas teriam de me ouvir.

Então avistei uma sombrazinha que se aproximou da borda do poço, apenas uma silhueta me olhando desde lá em cima.

Caí neste poço! Preciso que alguém me tire daqui.

Mas não recebi resposta.

Aos poucos, fui percebendo mais nitidamente os contornos, a orelha erguida e a silhueta latiu pra mim.

Ô seu cachorro de merda, traz alguém até aqui! Berrei outra vez.

Três latidos depois, o cachorro sumiu. As risadas das crianças desapareceram. Apenas o silêncio, o cheiro de bosta, a água até o pescoço e os dedos murchos.

Mais um dia se passou, e eu com fome e sede, com sono, com medo, com vergonha.

Quanto tempo alguém pode sobreviver assim? Dias, semanas, meses?

Gritei até perder a voz. Arranhei as paredes até perder as unhas. Me debati até perder as forças.

E a imagem de Ritinha não me saía da mente, o cheiro do seu frango ensopado com batatas, a sua pele lisinha e quente nas palmas das minhas mãos grossas e brutas.

No terceiro dia, vi Deus.

No quarto, o diabo.

E, no quinto, me afoguei naquela água cheia de merda.

Ritinha nunca soube o que aconteceu comigo. Ainda hoje pensa que fugi com uma amante. Ideia semeada e regada pela sogra, é claro.

Ploče
16/07/2017

O Muro

Um muro foi erguido entre eles. Um dia, despertaram e ele estava lá, alto, cinzento e lúgubre, com arame farpado no topo.

Ele foi construído pelos homens no poder, por aqueles que não aceitavam que gente com diferentes crenças e diferentes hábitos e diferentes línguas pudessem conviver.

Então, encontraram um modo para se comunicarem.

Todas as manhãs, arremessavam para o outro lado uma pedra embrulhada num papel.

E sempre concluíam suas cartas com as seguintes frases.

"Um dia, o muro cairá. Um dia, estaremos juntos outra vez. Nunca me esquecerei de você".

Alicante, outubro de 2017.

pólen soft 80 gr/m2
tipologia amerigo bt
impresso no outono de 2021